딱 한달만 아무것도 하지 않고

윤동교 지음

딱 한 달만 아무것도 하지 않고

PART_1 아무것도 하기 싫다

#_01 나는 번아웃 증후군
- 증상   ···12
- 번아웃 증후군   ···20

#_02 떠나자! 어디든
- 떠나자!   ···30

#_03 이 한 몸 머물 곳
- 숙소 구하기   ···38

| 까다로운 나의 한 달살이 집찾기   ···47
| 취향 따라 한 달살이 숙소 구하기   ···48

#_04 보내자! 다 보내자
- 준비물   ···52

| 지극히 개인적인 한 달살이 준비물   ···58
| 제주도에 내 자전거 보내기   ···60
| 제주도에 내 차, 내 오토바이 보내기   ···62

#_05 공항에서 파란만장
- 폭발 그리고 해탈   ···64
- 엉덩이와 가슴팍   ···67

#_06   첫날부터 다사다난

- 드디어 도착   ···78
- 첫 번째 여자   ···84
- 두 번째 여자   ···89
- 한 달살이 집으로   ···91

PART_2   아무것도 하지 않았다

#_01   자유롭고 심오하게 빈둥거리기

- 자유와 여유   ···100
- 개, 새, 날씨   ···103
- 내 안의 적   ···109
- 뜻밖의 자아성찰   ···118
- 내 속에는 내가 너무도 많아   ···124
- 적당히 느슨하고 미지근하게   ···135
- 헛되게 시간 낭비하기   ···139

Ⅰ 개싸움, 사건의 전말   ···142

#_02   여유롭고 고단하게 빈둥거리기
- 숙소 사람들   ···148
- 비빔국수   ···152
- 오르막길   ···157

| 플리마켓   ···168

#_03   맛있게 먹고 신나게 떠들며 빈둥거리기
- 보리빵   ···170
- 주인아주머니의 아침마당   ···174
- 취나물 사태   ···184

| 취나물전 먹고 천국 가는 방법   ···196

#_04   빈둥거리는 와중에
- 인간관계와 내정간섭   ···198

#_05   버라이어티하게 빈둥거리기
- 완벽한 하루   ···210
- 초토화된 하루   ···220
- 심심하다   ···228

- 숙소 개들 · · · 234
- 개한테 물리다 · · · 237

ㅣ 한곳에서 계속 살다 보니 · · · 252

#_06   생로병사 속에서 빈둥거리기
- 그 밤의 사정 · · · 254
- 뜻밖의 사육 · · · 262
- 나이를 먹는다는 것 · · · 270

ㅣ 취나물 지옥 · · · 281

#_07   빈둥거림의 끝
- 보고 싶다 · · · 284
- 쓰레기 정리 · · · 289
- 마지막 날 · · · 296

#_08   다시 일상
- 집으로 · · · 302
- 결국 나 · · · 306

PART- 1

아무것도
하기 싫다

난 정말 아무것도 하고 싶지 않았고,
아무것도 신경 쓰고 싶지 않았고,
아무하고도 대화하고 싶지 않았다.

나는
벗아웃
증후군

#_01

증상

정확히 언제부터였는지는 잘 모르겠다. 나를 둘러싼 모든 것들이 피곤해지고 만사가 이토록 귀찮아진 것이. 원래 매사에 귀찮음이 만연하긴 했지만 이번 귀찮음은 거의 신앙처럼 견고했다. 적장을 끌어안고 남강으로 뛰어내린 논개처럼 귀찮음이 나를 끌어안고 감정의 바닥으로 동반 입수하려 한다.

어쩜 이렇게 권태로울 수가 있을까. 내 안의 모든 것에 가뭄이 들어 심신이 송두리째 말라 버린 느낌이었다. 몰골이 앙상한 유기견 한 마리가 마음 언저리를 끝없이 헤매고 있는 기분이었다. 방금 튀긴 바삭바삭한 치킨에 차가운 맥주를 마시는 것조차 지루했다. 기름이 줄줄 흐르는 노릇노릇한 삼겹살에 살얼음이 뜨는 소주를 마시는 것조차 따분했다. 세상은 벚꽃에 들뜬 사람들의 소식을 매일같이 전했지만 그들의 기쁨은 나와는 먼 일이었다. 사방에 권태가 만개했다.

TV를 켜는 것조차 귀찮았지만 TV라도 봐야 뭐라도 한 것 같은 보람을 느낄 수 있을 것 같아서 간신히 TV 앞에 앉았다. 예능에서는 잘나가는 연예인들이 농담을 주고받으며 웃음을 팔고 있었다. 뭐가 저렇게들 재미있는 걸까. 쳇! 괜히 부아가 치밀어 올랐다. 나만 우울한 것 같아서 짜증이 났다. 드라마에서는 가난하지만 엄청나게 예쁘고 날씬하고 잘 때에도 빨간 립스틱에 속눈썹을 붙이고 자는 여자 주인공이 매일매일 새로운 옷을 바꿔 입으며 비싼 가방을 들고 나와 돈 많고 키 크고 잘생긴 남자들(최소 2명 이상)의 사랑을 독차지하고 있었다. 쳇! 여자들의 판타지란.

그러면서
계속 보고 있음

권태는 지독하고 무기력은 집요한데 의지는 엿 같았다. 의지란 마치 한 덩어리의 엿과 같아서 강할 땐 상대의 머리도 가차 없이 깨뜨려 버리지만, 약할 땐 흐물흐물 형체 없이 죽죽 늘어지기만 하는 법이다. 지금 내 상태가 딱 그랬다. 죽죽 늘어지는 엿. 아랫목에 올려놓은 엿. 언제 다시 단단해질지 정녕 알 수 없는 엿.

충간 소음은 기절할 지경이었고, 군대에서 막 제대했다는 윗집 큰아들은 온 집 안을 쉬지 않고 돌아다녔다. 도대체 집에서 맨날 뭘 하고 있는 걸까? 이 좁은 평수에서 어떻게 저렇게 끊임없이 돌아다닐 수 있는 거지? 낮이고 밤이고 온종일 쿵쿵거리며 돌아다니는 소리에 눈알이 빠질 것처럼 지끈거리고 머리가 너무 아팠다.

동네는 재개발로 대규모 공사 중이었고, 덤프트럭들이 엄청난 먼지를 내뿜으며 매일 아파트 앞을 지나다녔다. 거기에 중국발 미세먼지가 더해져 비염과 기관지염이 콧물과 기침의 콜라보를 이루어 냈고, 이러다 기침이 더 심해지면 폐렴에 걸릴 수 있다는 의사 선생님의 경고까지 받았다. 면역력은 바닥을 치고 있었고 딛고 일어설 체력도 없었다. 지금 당장 여기서 뭔가 더 좋아질 가능성은 없어 보였다. 변명하고 싶진 않지만 상황이 완벽했다. 괴로웠다.

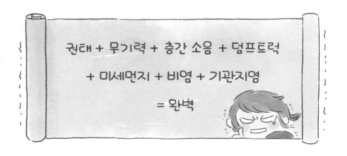

권태 + 무기력 + 층간 소음 + 덤프트럭
+ 미세먼지 + 비염 + 기관지염
= 완벽

더불어 매일 저녁 밥상 차리는 일이 지긋지긋했다. 매일 뭘 먹나 고민하고 뭐라도 만들어야 하는 일상이 몸서리치도록 지겨웠다. 특히 먹는 것은 순식간이라는 사실에서 요리의 덧없음을 느끼곤 했다. 아무리 정성껏 장을 보고 아무리 오랜 시간 공들여 만들어 내봤자 고작 15분이면 빈 그릇이 되다니. 세상에, 이렇게 허무할 수가 없었다. 투자한 시간과 에너지 대비 얻는 보람이 너무 적었다. 자식이 없어서 그런지 '잘 먹었습니다' 이 한 마디에 모든 피로가 풀리는 마법 같은 일도 없었다. 남편을 사랑하고 나 자신을 사랑하지만 왜 그 사랑을 꼭 요리로 표현해야 하는가에 의문이 들었다.

만들 땐 고되고...
먹고 나면 허무하고...

아이고
어쩌지

　요리를 좋아하지 않으니 요리 실력은 늘지 않았고 조리 과정에 익숙해지지도 않았다. 어찌어찌 간신히 9년을 해왔지만 여전히 요리는 불편하고 지루한 일이었다. 그나마 여태까지라도 꾸역꾸역 요리를 해온 것은 남편이 나보다 더 요리에 재능이 없기도 하거니와 무엇보다도 남들에게 욕먹고 싶지 않아서였다. 요리도 안 하는 여자랑 산다고 남편을 불쌍하게 보거나 아내로서 부족하다고 나를 비난하는 사람들의 시선 때문이었다.
　하지만 이젠 한계였다. 여기서 조금만 더 하면 폭발할지도 모르겠다는 생각이 들었다. 더 이상 하기 싫은 일에 나를 던지며 살고 싶지 않았다. 이쯤 되면 포기하는 것이 맞다 싶었다. 차라리 욕을 먹자 싶었다. 9년이면 할 만큼 했다 싶었다. 요리. 그래, 요리가 싫었다.

나를 둘러싼 모든 것들을 다 놓고 그냥 아무 생각 없이 어딘가에서 혼자 숨만 쉬다가 왔으면 좋겠다. 하루 종일 누워서 자다 깨다를 반복하며 멍하니 천장만 바라봤으면 좋겠다. 하늘에 구름 흘러가는 것이나 구경하며 느릿느릿 커피나 마시고 앉아 있으면 좋겠다. 아니면 그냥 지금 이대로 증발되어 우주의 먼지가 됐으면 좋겠다.

정말, 순수하게, 진심으로, 아무것도 하고 싶지 않았다. 어디 가서 놀고 싶지도, 맛있는 것을 먹고 싶지도 않았다. 세상 모든 것에 권태를 느꼈다. 사랑하는 남편도 귀여운 고양이들도 지금의 나에게는 아무런 힘이 되지 않았다. 그냥 모든 것이 피곤했다. 나는 말을 하는 것조차 버거웠다.

거울 속에선 떡 진 머리에 흐릿한 눈빛을 가지고 생기라곤 찾아볼 수 없는 여자가 멍하니 나를 바라보고 있었다. 너무 못생겨서 짜증이 났다. 그렇다고 세수하고 머리 감고 나를 가꿀 기운도 없었다. 그럴 만한 의지도 의욕도 없었다. 살면서 이 정도로 이렇게 무기력했던 적이 없었는데. 나, 요즘 대체 왜 이러는 걸까? 슬럼프가 온 걸까? 우울증일까? 나 자신이 너무 한심하고 짜증스러워서 혼자 울었다. 나 지금 왜 이러고 있는 걸까. 나 도대체 어쩌다 이렇게 된 걸까. 나 이제 어떡하면 좋을까….

무기력이 길어지면 우울함이 깊어진다. 다들 앞으로 나아가고 있는데 나만 홀로 저만치 뒤처지고 있는 것 같은 불안함에 몸부림치게 된다. 나만 여기에 정체되어 있는 것 같다. 나만 한자리에서 계속 빙빙 맴돌고 있는 것 같다. 외롭다. 아무도 내 맘 같은 거 모르겠지. 그 누가 나를 알아줄 수 있을까? 그 누가 이런 나를 이해하고 공감해 줄 수 있을까? 나 정말 우울증일까?

번아웃 증후군

나는 내가 궁금해졌다. 내가 정말 우울증에 걸린 건지 알아야 했다. 내가 어쩌다 왜 이런 상태가 된 건지, 이게 도대체 무슨 증상인지 알아야 했다. 내가 어떤지를 알아야 그에 대한 대책도 마련할 수 있기 때문이었다. 나는 태블릿을 열고 검색창에 내가 지금 겪고 있는 증상들을 나열했다.

무기력, 수면장애, 우울, 권태, 두통, 만성피로, 면역력 저하

차근차근 내가 겪고 있는 증상들에 대해 검색해 보다 알게 된 사실은 (다행히도) 내가 이상한 사람이 아니라는 것, 운동선수나 연예인을 비롯해 일반 직장인과 가정주부, 어린 학생들까지 수많은 사람들이 이런 상태를 겪었고 또 지금도 겪고 있다는 것, 심지어는 전 국민의 70%가 겪고 있지만 너무 만성화되어 알아차리지 못하고 있다는 것. 그리고 이것이 바로 TV와 신문에서 몇 번 본 적 있는 '번아웃 증후군Burnout Syndrome'이라는 것이었다.

생각해 보면 이런 상태가 되기 이전에 나는 죽어라 목표를 향해 달렸고 스스로를 채찍질하며 나름 엄청나게 열심히 일했다. 내가 할 수 있는 능력 안에서 최선을 다해 열정적으로 살았고 최대한의 노력을 했다. 내가 가진 모든 에너지를 쏟아부었고 일을 마친 뒤엔 폭풍 같은 감기 몸살로 한 달 반 만에 6Kg이 빠지기도 했다.

게다가 완벽주의자 기질까지 있어 함께 일하는 사람들을 괴롭히고 스스로를 닦달했다. 난 늘 디테일에 예민했다. 아무도 모르는 사소한 것에 목숨 걸고 덤벼들곤 했다. 매사에 적당하고 헐렁하게 살고 싶은 마음이 간절했지만 그 방법을 몰랐다. 나는 오랫동안 계속 자잘한 것들에 얽매여 나 자신을 피곤하게 만들고 스스로를 갉아먹었다. 내가 지금 이렇게 된 것은 결국 다 나 때문이었다.

내가 나를 이 지경이 되도록 몰아붙였어...

번아웃 증후군이라. 내 상태가 뭔지 알게 되었으니 이제 해결해야 했다. 이 상태를 만들어 내고 겪고 있는 것도 나 자신인 만큼 해결도 온전한 내 몫이었다.

자, 그럼 이제 어떡하면 좋을까.

권태와 무기력에 몸을 맡기고 누워 고민을 시작했다.

어떡하나............
....
....
....
....
....
....
....
....

....
....
......
..

잠들었다.

다음 날. 또 누워서 멍 때리며 TV를 틀고 어떡하나 생각하다 잠들었다.
다음 날. 또 누워서 멍 때리며 TV를 틀고 어떡하나 생각하다 잠들었다.
다음 날. 또 누워서 멍 때리며 TV를 틀고 어떡하나 생각하다 잠들었다.
다음 날. 또 누워서….

진짜 몇 날 며칠을 같은 패턴으로 보내고 나니 스스로에게 진저리가 났다. 몸서리치도록 나 자신이 한심하게 느껴졌다. 하지만 동시에 어쩔 수 없다는 사실도 인정했다. 소름 끼치도록 느리게 느리게, 모든 것이 느리게만 느껴졌기 때문이다. 지금의 나로서는 이게 최선이었다. 무기력과 우울함 속에 빠져 있으면 바깥의 자극이 크게 느껴지지 않고 세상과 내가 차단된 느낌이 든다. 새까만 우주 한가운데에 둥둥 떠서 홀로 부유하고 있는 기분이 든다. 이때에는 머리도 아주 천천히 굴러가기 때문에 생각과 행동을 빠릿빠릿하게 할 수가 없다.

그러다 결국 깨달은 것이 있었다. 이 상태에서 벗어나려면 내가 스스로 딛고 일어설 수 있도록 힘을 내야 하고, 내가 힘을 내려면 먼저 그 힘을 길러야 하고, 힘을 기르려면 우선 나 자신을 돌봐 줘야 한다는 사실이었다. 지금의 난 폐허와 다름없었다. 멀쩡하게 일어서려면 기초공사부터 다시 해야 했다.

그래. 지금이야말로 제대로 나를 돌봐 줘야 할 때다. 이걸 더 이상 미루면 안 될 것 같다. 나 자신에게 집중하는 일. 나를 돌아보는 일. 세상에서 가장 중요하지만 늘 회피해 오던 일. 이제 그 일을 시작할 때다.

그리고 나는 또다시 깨달았다. 아무것에도 휘둘리지 않고 오직 나 자신에게만 집중하려면 완벽하게 혼자가 되어야 한다는 사실을. 완벽하게 혼자가 되려면 모든 것에 거리를 두어야 한다는 사실을. 모든 것에 거리를 두려면 정말 거리를 두어야 한다는 사실을.

정신적으로 거리를 두려면 우선 물리적으로 거리를 둬야 해.

계속 여기 있으면 곧 있을 친구들의 결혼식과 돌잔치에 참석해야 했고, 친정 부모님의 걱정과 염려를 받아야 했으며, 남편의 저녁상 차림, 휴일을 함께 보내는 것, 청소와 설거지 등을 신경 써야 했다. 아침에 일어나서 머리를 묶고 혼자 밥을 챙겨 먹는 것조차 힘겨웠던 내게 이 모든 것을 하면서 나를 돌본다는 것은 무리였다.

인간관계 속에 나를   내맡기고 싶지 않다.

난 정말 아무것도 하고 싶지 않았고,
아무것도 신경 쓰고 싶지 않았고,
아무하고도 대화하고 싶지 않았다.

무엇보다도 원피스 차려입고 화장하고 나가서
친구들 앞에서 활짝 웃으며
괜찮은 척 잘 살고 있는 척 애쓰고 싶지 않았다.

그러려면 일단 여기서 벗어나야 했다.
집도, 남편도, 가족도, 일도, 친구도
그 모든 것들에 잠시 거리를 둬야 했다.

나를 위해서.

나는 떠나기로 마음먹었다.

그리고 다음 날,
내 통장에는 소리도 없이
100만 원이 입금되었다.

떠나자!
엔디
든

#_02

떠나자!

그래. 어디론가 떠나자. 낯선 곳에서 혼자만의 시간을 갖자.

결심!

어디가 좋을까? 마음껏 뒹굴면서 푹 쉬고 올 수 있는 곳. 세상 그 누구의 간섭 없이 나를 있는 그대로 내버려 둬도 무방한 곳. 하루 종일 빈둥거리면서 마냥 천장만 바라봐도 괜찮은 곳. 돈도 많이 들지 않으면서 세상과 거리를 둘 수 있는 곳.

.........태국.........필리핀.................일본....................
....베트남.................중국....................
.............인도....................
.................몽골.........
.......티베트.............

아냐, 아냐...
날 보듬으러 가는데
굳이 해외로 나갈 필요는 없지...

그렇다면 역시 결론은
제주도인가...

흠...

그래. 제주도 정도면 부담스럽지도 않네. 꽤 멀지만, 막상 가면 그렇게 먼 것 같지도 않고. 웬만한 일들에 모른 척할 수 있으면서 동시에 중요한 일이 생기면 바로 올라올 수도 있고. 해외 나가는 것보다 비용 면에서 부담스럽지도 않고. 다른 언어로 머리 쓰며 고생하지 않아도 되고. 가이드북 사서 미리 탐색하지 않아도 되고.

적당한 익숙함과 적절한 낯섦이 공존하는 곳. 결론은 제주였다.

그래!!!
제주도로 가자!!!!!

고민과 탐색의 시간을 지나 제주에 내려가기로 결심한 후, 몇 달 전 잃어
버린 양말 한 짝처럼 도대체 찾을 수가 없던 의욕이 어느 날 갑자기 세탁기
뒤에서 빼꼼히 얼굴을 내밀 듯 조용히 등장했다.

오랜만에 입은 점퍼 주머니 속에 꼬깃꼬깃하게 누워 있던 만 원짜리 한 장처럼 의욕은 원래 거기 있었던 것마냥 덤덤히 나타났다.

현실에서 벗어나 제주도로 떠나야겠다는 생각만 했는데도 이미 다 닳아 빠져 없어졌다 생각했던 내 의욕은 부활절 달걀처럼 뽀얀 얼굴로 다시 나타났다.

갑자기 불쑥불쑥 여기저기서 솟아오른 의욕에 깜짝 놀랐다. 내게 아직 이런 감정이 남아 있었던가. 어느새 의욕이 무기력을 넘어섰다. 이러한 의욕을 보니 나 자신을 향하겠다는 결심이 올바른 것이었다는 확신이 들었다. 하지만 의욕이야 어떻든 이건 오직 나 혼자만을 위한 일이었다. 내게는 가정이 있었고 공동의 책임인 가정에서 원만하게 거리를 두려면 남편의 동의가 필요했다. 만약 동의해 주지 않는다면 대화와 타협을 통해 설득시킬 생각이었다.

남편, 고양이들, 그동안 많이 힘들었지.
미안해. 참고 견뎌 줘서 고마워.
나도 많이 힘들었어.
근데 나 드디어 해결책을 찾은 것 같아.
부디 이해해 줬으면 좋겠어.
나 제주에 내려가서 한동안
나 자신에게만 집중할 시간을 가지려고 해.
어떻게 생각해?

그래, 그렇게 해.

의외로 남편은 너무나 쉽게 동의해 주었다.

"널 위한 일이니까." 라며.

남편~~~~~~~~!!!!!!!!!!!!

크억 ─

역시
내 남자!

그리고 다음 날,

내 통장에는 소리도 없이 100만 원이 입금되었다.

나를 위한 남편의 선물이었다.

남편 ♥ 님으로부터
100만 원이 입금되었습니다.
[♥ ♥ 은행]

숙소 구하기

얼마만큼 지내다 오면 좋을까? 어디서 지내면 될까? 기본적으로 한 달은 있고 싶은데 그런 곳이 있을라나? 나를 돌아보고 재정비하는 시간을 가지려면 최소한 한 달은 필요하겠지? 마음 같아선 두세 달쯤 있고 싶지만 난 가정 있는 여자니까.

가정 있는 여자

처음엔 하루 2만 5천 원 하는 게스트하우스의 도미토리를 알아봤다. 밤마다 술 마시고 고기 굽고 파티하는 게스트하우스는 무조건 제외. 여자들이 주로 이용하는 조용한 게스트하우스들로 몇 개 뽑아 봤다.

하지만 알아보니 문제가 있었다. 게스트하우스는 숙소 정비를 위해 장기 투숙자라 하더라도 아침 10시부터 오후 4시까지는 무조건 비워 줘야 한다는 것이다. 모든 곳이 다 그런지는 모르겠지만 내가 알아본 곳들은 모두 그랬다.

이럴 수가... 아침 10시라니...
일어나서 움직일 수가 없잖아!
그렇게 이른 시각 무리야!
난 그냥 하루 종일 드러누워
천장이나 바라보고 있을 거라구!
4시까지 어디서 뭘 하고 있으라는 거야!

또 도미토리에선 마음껏 혼자가 될 수 없다. 좋든 싫든 다양한 여행객들과 부대껴야 한다. 그건 내가 원하는 그림이 아니었다.

그렇게 게스트하우스는 안 되는 걸로 판명.

그럼 어디서 묵어야 하지? 게스트하우스 도미토리 한 달 가격으로 지낼 수 있을 만한 곳이 있을까? (2만 5천 원x30일=대략 75만 원 선)

놀랍게도
있었다.

어째서?

찾아보면 다 있다는 선지식들의 말씀은 정녕 사실이었다. 있을 거라고는 생각도 안 하고 찾아봤는데 진짜 있었다. 심지어 다양하게 많이 있었다. 이미 제주에서 한 달을 보내고 온 사람들도 엄청나게 많았다. 뭐지 이건? 제주에서 한 달 사는 것이 이렇게 흔한 일이었나? 나 같은 사람들이 많은 건가?

나만 특별한 경험을 하는 거라 생각했는데 완벽한 오산이었다. 제주도 한 달살이 붐이 일어난 게 벌써 몇 년째라고 한다. 덕분에 정보는 넘쳐났다. 진즉에 한 달살이를 경험한 네티즌들은 경쟁하듯 관련 포스팅을 올렸고 덕분에 나는 앉아서 수많은 고급 정보들을 손에 넣을 수 있었다.

으하핫! 역시 인터넷은 정보의 바다구먼!
이런 앙큼한 네티즌들 같으니!

하지만 신기함도 잠시 곧바로 난관에 부딪혔다. 당최 숙소를 구할 수가 없었기 때문이다. 괜찮아 보이는 숙소들은 벌써 예약이 완료된 상태였고 당장 예약 가능한 곳들은 조건이 영 마음에 들지 않았다. 예약하려던 곳들에 몇 번 거절을 당하다 보니 어느새 포기가 눈앞에서 아른거렸다. 다시 무기력과 권태가 스멀스멀 기어 나오고 있었다. 사다코영화 '링'의 주인공 귀신가 우물 밖으로 손을 내미는 기분이었다.

공포영화가 따로 없었다.

아아... 그렇구나...
숙소를 구할 수가 없구나...
그만둘까나...

제주에서 한 달 살고 오려고 했는데 숙소가 없으니 안타깝지만 여기서

끝.

이 책은 여기서 이렇게 끝날 뻔했다. 이러한 엔딩도 아주 참신했을 것 같다는 생각은 든다. 더 알아봐야 하는 것에 대한 귀찮음으로 그보다 한결 쉬운 포기를 선택할 뻔했다. 저 구석에서 간신히 찾아낸 의욕은 입술을 갖다 대기만 해도 녹아 버리는 솜사탕처럼 당장이라도 사그라들 준비를 하고 있었다.

하지만 이대로 주저앉을 순 없었다. 남편한테 이미 100만 원을 받았으니까. 쪽팔려서라도 이렇게 멈출 순 없었다. 미안해서라도 여기서 그만둘 순 없었다. 역시 돈은 의욕과 의지의 원천이다. 힘내자! 이를 악물었다.

왜 당장 머물 숙소를 구할 수가 없는 걸까? 도대체 방학도 성수기도 아닌 춘삼월에 누가 그렇게 제주에 내려가는 걸까?

알아보니 그랬다. 나처럼 자신을 돌아보는 시간을 갖고 싶은 사람들이 육지를 떠나 제주에서 짧게는 한 달, 길게는 1년씩 머물며 자아성찰을 하고 오거나, 제주의 여유로운 풍경을 음미하고 싶은 사람들이 내려가 장기간 머물며 제주를 충분히 느끼고 오거나, 은퇴한 부부가 함께 내려가 몇 달 머물며 쉬었다 가거나, 건강이 나빠진 사람들이 긴 시간 요양하러 가거나, 아이와 함께 온 엄마들이 1년 이상 머물며 교육 시설이 좋은 제주를 탐색해 보거나 이런저런 다양한 이유들로 많은 사람들이 장기간 제주에 머무른다는 것이다.

당연히…

전혀 몰랐다!

어떻게 알았겠어!! 꿈에도 몰랐다고!!!
그냥 붐이라니까 그런가 보다 했지.
진짜 이 정도일 줄은...

난 어쩌다 이런
최신 유행의 대열에
끼게 된 걸까...

그래서인가. 3월 말이라는 어중간한 날짜에도 불구하고 원하는 집들은 이미 예약이 꽉 찼고, 당장 예약이 가능한 집들은 내가 원하는 스타일이 아니었다. 그렇다고 아무 곳에나 들어가고 싶지는 않았다. 대부분의 시간을 그 안에서 머물며 보낼 나에게 숙소는 타협의 대상이 아니었다. 지역은 전혀 상관없었다. 집만 내 조건에 맞으면 되었다. 그래서 나름의 기준으로 까다롭게 알아봤고 그래서 더 구하기 어려웠을 수도 있다.

참고로 대부분의 집들이 여름방학 시즌은 작년에 벌써 예약이 모두 끝났다고 한다. 핫한 시즌에 한 달살이를 준비하려면 최소 6개월 전에는 예약해야 한단다.

전혀 몰랐다. 생각도 못 했다. 그냥 요즘 제주도에 여행 가는 사람들이 많네, 제주에서 살고 싶은 사람들이 많은 것 같네, 제주도 땅값이 많이 올랐네 정도였지. 제주도 한 달살이 책이 서점에 넘쳐나고 있다는 사실조차 몰랐다.

내가 그 책을 쓰게 될 줄은
더더욱 몰랐다.
역시, 사람 일은
아무도 모르는 거다.

잘했어!   굿 잡!   어쩌다 보니

45

하지만 궁하면 통한다고.

찾아냈다.

몇 날 며칠을 폭풍 검색한 끝에 결국 찾아냈다!

당장 예약이 가능한,

내게 꼭 맞는 집을.

찾았다!!!!!

한 달살이 집 찾기

- 너무 외진 곳이나 시끄러운 곳이 아니어야 한다.
- 주변에 편의점이나 마트가 있어야 한다. (동네 작은 슈퍼 X)
- 교통이 편리해야 한다. (버스가 다니는 곳)

- 화려한 꽃무늬 벽지가 없어야 한다.
- 창문이 넓고 집이 밝아야 한다.
- 4인용 이상 사이즈의 식탁이나 테이블이 있어야 한다.
  (하루 종일 거기 앉아서 무언가를 먹거나 읽거나 끄적거릴 테니까.)

- 월세가 75만 원 이하여야 한다. (도미토리 한 달 가격 기준)
- 취사가 가능해야 한다. (전자레인지, 커피포트 완비)
- 와이파이가 가능하고 케이블 TV가 나와야 한다.

- 바퀴벌레나 꼽등이가 없어야 한다.
  (바퀴벌레 공포증 있음. 세상에서 제일 무서움.
  꼽등이는 그냥 징그러움. 다른 벌레는 별로 상관없음.)

 나만의 기준이 있어야 내게 맞는 적당한 집을 찾을 수 있고 나중에 실망하지 않을 가능성도 크다.

한 달살이 숙소 구하기

COUNTRY HOUSE

제주도 특유의 고즈넉한 시골 풍경에 녹아들고 싶다면

농가 주택

 마당이 있는 예쁜 시골집
→ 시골집이라 벌레가 나올 수 있다.

SHARE HOUSE

혼자 한 달이나 지내는 것이 두렵다면

셰어 하우스

 가장 저렴한 방법 (4인 도미토리보다 저렴)
→ 낯선 이와의 동거가 불편할 수 있다.

ONE ROOM

독립된 공간에서 혼자 생활하고 싶다면

원룸, 펜션, 빌라

 마음껏 혼자 뒹굴 수 있는 자유
→ 고독에 몸부림칠 수 있다.

HOTEL

돈이 많으면 (부럽다)

호텔에서 럭셔리하게!
풀빌라에서 엘레강스하게!

 월세는 천차만별이지만 대략 50~180만 원 정도다. 평수와 고급스러움의 정도에 따라 가격대가 달라진다. 넓고 좋고 깨끗하고 세련될수록 비싸다.

 월세 외에 수도세, 전기세, 가스비 등을 별도로 내야 한다.
(미리 보증금을 내고 사용한 만큼 차감 후 돌려받음.)

 네이버 '제주도 한 달 살기 숙소 구하기' 카페에 가입하면 다양한 정보들을 쉽게 구할 수 있다.

안 돼.
이렇게 어두운 나에게
천사라는 타이틀은 무리야.
그렇게 귀여운 명칭,
난 감당할 수 없어.

보내자!
다 보내자

#_04

준비물

숙소를 예약하고 그다음에 든 걱정은 '제주에서 무엇을 타고 다니나'라는 것이었다. 대부분 스쿠터나 자동차, 자전거를 빌려서 타고 다니던데, 나는 어쩌나. 무엇이 되었든 탈것을 한 달이나 빌리면 돈이 너무 많이 든다. 게다가 집에서 빈둥거릴 때마다 '이럴 거면 그 돈 들여 이걸 왜 빌렸나' 하는 죄책감에 시달릴 것이 분명했다. 나는 그러고도 남을 인간이다.

난 대부분의 시간을 숙소에 누워만 있을 건데...
거의 모든 시간을 빈둥거리고 있을 건데...

그래도... 근처 바닷가라도 나가 보려면
탈것이 필요하긴 한데...

음… 그럼 인터넷에서 저렴한 자전거를 주문해서 타고 다닌 다음 올라오기 전에 판다면?

. . . .????!!?!

천재?

검색해 보니 8만 원 정도면 적당한 자전거를 살 수 있었다.

그리고 이것을 올라올 때 4만 원에 팔면?

오오오오오!!!!?!!?!!
괜찮겠는데??!?!?!

잠깐! 그런데 여기는 제주도. 자전거를 누구한테 팔지? 이 넓은 제주에서 누구와 어떻게 거래하지? 자칫 자전거가 팔리기 전에 내가 먼저 올라오게 될 수도 있다.

잘못하면 자전거 기부천사가 될 수도 있겠어...

안 돼... 이렇게 어두운 나에게 천사라는 타이틀은 무리야... 그렇게 귀여운 명칭, 난 감당할 수 없어...

그래서 다시 새로운 방법을 궁리하며 검색해 보니 내 자전거를 택배로 보내는 방법이 있었다. 자전거 인구 1000만 시대인 만큼 자기 자전거로 제주

도를 여행하는 사람들이 많은 듯했다.

그저 디자인이 예뻐서 산 중국산 짝퉁 스트라이다. 베란다 구석에 박혀
있는 내 자전거. 접으면 조그마해지고 무게도 별로 안 나가는 내 자전거.

그래! 내 자전거를 택배로 보내자!

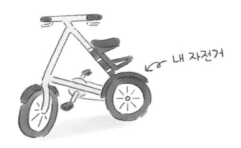

내 자전거

반으로 접어서　　뽁뽁이로 둘둘 말고　　돗자리로 감싸 주고　　박스로 누덕누덕
　　　　　　　　　　　　　　　　　　　　　　　　　　　　　포장해 주니 끝!

(안 접히는 자전거는 바퀴를 분리하면 된다.)

비주얼은 별로지만 보람은 최고였다. 그러다가 든 생각 한 줌.
자전거를 택배로 보내는 김에…

짐도 모두 택배로 보내 버릴까…?!

소오름…!

내 비상한 머리 회전에 나도 놀랐다. 얼마 전까지 세수를 먼저 할까, 밥을
먼저 먹을까로 고민하던 나와는 완전히 다른 사람이 된 것 같았다. 어차피
한 달 살림살이를 배낭 하나에 모두 넣기는 무리고 트렁크에 넣자니 그걸 들
고 끌고 버스 타고 숙소까지 이동할 자신도 없었다.

그래!!! 모두 택배로 부치자!!!!!!!!
택배 만세!!!!!!!!!!

캬핫ㅡ!

택배로 부치니 이것저것 잡다한 것들을 몽땅 넣을 수 있어 좋았다. 나는 살림을 차리는 심정으로 온갖 것들을 다 집어넣었다. 그렇게 박스 세 개가 가득 찼다.

자전거는 크고 아름다운 것들의 성지인 경동택배로 발송. 이것저것 다 챙겨 넣은 박스들은 집 근처 우체국에서 발송. 그리고 택배들은 이틀 뒤 아침 9시쯤 모두 도착했다. 심지어 나보다 빨리 숙소에 도착했다. 제주도라 오래 걸릴 줄 알았는데 지방으로 보내는 것과 전혀 차이가 없어 놀랐다.

문 앞에서 택배 상자와 마주침

지극히 개인적인 한 달살이 준비물

책   다이어리   각종 필기구   집게 조명

자전거   자전거 펌프   비상약   세제

전기방석   태블릿   블루투스 키보드   블루투스 스피커

스케치북   색연필   셀카봉   향초
(베이비파우더 향)

손톱깎이

세면도구

샴푸

생리대

각종 옷들

슬리퍼

휴지

담요

녹차, 홍차, 커피

럼블러

화장품

컵라면

햇반

김치

간편요리

내 자전거 보내기

DELIVERY 택배로 보내기

■ 자전거는 화물로 분류되어 일반 택배 회사에서는 잘 받아 주지 않는다.

■ 평소 이용하던 택배 회사가 있다면 자전거를 받아 주는지 확인해 본다.

■ 근처에 택배 회사가 있으면 직접 들고 가서 물어본다.
(직접 들고 가면 받아 주기도 한다. 단, 포장이 잘 되어 있어야 한다.)

■ 다 아니면 경동택배로 보내면 된다. 화물은 경동택배다.
(가격은 2~3만 원 정도. 무게나 부피에 따라 가격이 달라진다.)

 포장을 잘 하지 않으면 파손 우려로 안 받아 줄 수도 있다.

BIKE SHOP 자전거샵 이용하기

■ 큰 자전거는 배송할 때 보통 바퀴와 바디를 분리해야 한다.

■ 자전거를 분리해 본 적이 없다면 근처 자전거샵에 맡기면
된다. (분리, 포장에 보통 2만 5천 원~3만 원 선)

■ 포장이 완료된 자전거를 제주도 공항 근처의 자전거샵으로 보내면 그곳에서 다시 조립해 준다. 이 경우 미리 해당 자전거샵에 연락하고 소정의 비용을 지불해야 한다.

AIRPORT BAGGAGE 공항에서 수하물로 보내기

■ 공항 수하물센터에서 자전거를 분해, 포장한다.
(가격은 2만 5천 원~4만 원 선)

■ 공항 리무진을 이용할 경우에는 미리 포장해야 실어 준다.

■ 저가 항공일 경우 수하물 비용이 추가된다. (1만 원 선)

■ 제주도 공항에서부터 숙소까지 자전거를 옮기려면 '제주도 짐 옮김이' 서비스를 이용 → 각종 짐과 자전거를 공항에서부터 원하는 장소까지 운반해 준다. (가격은 개당 만 원~2만 원 선)

■ 공항에서부터 자전거를 타고 숙소로 이동할 경우, 제주 공항 근처 자전거샵에 전화하면 공항에 픽업 나와서 자전거를 조립해 준다.

 타이어의 공기는 반드시 빼줘야 한다. 기압 차로 인해 타이어가 손상될 수도 있다.

 자전거를 재조립할 공구는 반드시 수하물로 보내야 한다. 가방에 넣었다가는 공항 검색대에서 모조리 압수당할 수 있다. 뜻하지 않게 테러리스트로 오인받을 수 있으니 주의하자.
(나는 아무 생각 없이 택배 박스 뜯을 칼을 배낭에 넣고 갔다가 공항 검색대에서 바로 압수당했다.)

내 차, 내 오토바이 보내기

 SHIP 배 타고 오기, 탁송 업체 이용하기

■ 배에 차나 오토바이를 싣고 온다.
→ 목포나 완도, 여수까지 가야 하며 가격은 선박의 종류나 차와 오토바이의 크기에 따라 제각각 다르다.

■ 탁송 업체에 맡긴다.
→ 집 앞에서 차를 픽업하여 제주도까지 배달해 준다.
→ 장거리 운전을 하지 않아도 된다는 장점이 있다.

 자전거를 가져올 때에도 배를 타고 오면 자전거를 따로 포장할 필요 없이 그냥 그대로 가져올 수 있다.
(가격은 배에 따라 무료~5천 원 선)

공항에서
파란만장

GATE

#_05

폭발 그리고 해탈

오랜만에 공항. 공항은 신기하다. 이 넓고 네모난 공간엔 사람을 흥분시키는 무언가가 있다. 입구에 들어서기만 해도 두근두근 가슴이 뛴다. 아마도 새로운 곳을 향해 곧 날아갈 여행자들의 설렘이 가득 모인 곳이라 그런 것 같다.

너도나도 들떠 있는 모습을 보니 나도 같이 들떴다. 사람들의 감정은 공간을 채우고 공간의 분위기는 나처럼 무기력한 사람에게도 영향을 주었다. 어쩌다 설렘이라는 것이 폭발했다.

동시에 내 위장도 같이 폭발했다. 늦은 점심으로 국수를 먹고 있는데 느닷없이 설사가 폭풍처럼 몰려왔다. 꾸룩꾸룩 꾹꾸룩… 꾸르르륵 꾹꾸르륵… 황무지 같은 육신에 소리 없이 드리운 설렘이라는 감정은 한겨울 변방의 군인들에게 예고 없이 찾아온 걸그룹처럼 몹시도 자극적이었다. 십이지장 근처에서 군인 150명이 흥분에 가득 차 일제히 함성을 내지르는 것 같았다. 나는 더 이상 버틸 수가 없었다.

이런 젠장! 먹고 있는데 신호가 오다니!
이런 예의도 상도덕도 없는 오장육부 같으니라고!
이건 좀 너무하잖아!

국수를 다 먹지도 못한 채 황급히 국수 가게를 나와 화장실로 뛰어 들어갔다. 다행히 화장실에는 사람이 없었다. 다행이야. 정말 다행이야. 자칫 민망해질 뻔했어. 나는 다급히 앉아 내 안의 비밀스러운 것들을 모두 쏟아 냈다. 공항에서 요란스레 변기와의 한바탕 전쟁이 벌어졌다.

　내 몸 깊은 곳 어둠 속에서만 서식하던 것들이 비로소 세상에 나와 밝은 빛을 보는 순간 난 미련 없이 물 내림 버튼을 눌렀다. 잘 가라. 나를 무겁게 하던 것들아. 촤아아. 그것들이 사라졌다. 나는 방금 목욕을 마치고 나온 사람처럼 개운해졌다. 한여름에 은행에 들어선 것처럼 시원해졌다. 세상만사 근심 걱정이 모두 사라진 듯 청량한 기분마저 들었다. 이래서 화장실을 해우소라 부르는 건가 보다.

이 얼마 만에 느껴 보는 밝은 기운인가. 기분이 가볍고 상쾌했다. 뭘 해도 될 것 같은 좋은 예감이 들었다. 일찌감치 티켓팅을 마치고 들어가 탑승구 근처에 자리를 잡았다. 속이 편했다. 커피가 꿀맛이었다.

 ## 엉덩이와 가슴팍

탑승 시간까지는 아직 한 시간 반이나 남았다. 국내선은 면세점도 없고, 나도 딱히 할 일이 없고. 그저 노트나 펼치고 앉아 이것저것을 끄적거리며 오가는 사람들을 구경했다. 평일인데도 게이트 앞엔 탑승객이 넘쳐났다.

건너편 의자에서는 중국인 아가씨 대여섯 명이 오글오글 모여 앉아서 시끌벅적 떠들며 다 같이 태블릿을 보고 있었다. 공공장소 에티켓 따위는 상관없

이 최대치로 키워 놓은 볼륨이 그들이 지금 무엇을 보고 있는지를 알려 주었다. 한때 전국을 군인 판타지로 물들였던 드라마. 그렇다. '태양의 후예'였다.

공항에서 때아니게 달팽이관을 파고드는 철 지난 유시진 대위의 중저음 목소리. 등장인물들의 대화 소리가 대뇌피질에 들어와 박히는 듯 선명했다. 볼륨을 줄여 달라고 부탁하고 싶었지만 송중기라 참았다. 한편으로는 우리 드라마가 이렇게 글로벌하게 사랑받고 있다는 사실이 신기하기도 했다. 이게 바로 한류의 위엄인가.

하지만 한류의 위엄도 잠시. 중국인 아가씨들과 함께 송중기에게 **빼앗겨** 있던 나의 멘탈은 갑자기 벌떡 일어난 앞자리 아저씨의 힘찬 엉덩이 덕분에 순식간에 현실로 컴백했다. 오 마이 갓.

아저씨의 엉덩이가…

바지를 너무 세게 먹은 것이다!

이럴 수가. 내 눈을 의심하지 않을 수가 없었다. 이게 정말 가능한 일인가? 엉덩이가 바지를 이렇게 먹을 수도 있다는 사실을 오늘 처음 알았다. 솔직히 좀 충격이었다. 정녕 인간의 능력에는 한계가 없는 것인가.

이... 인체의 신비?

역시 실생활에 직접적인 영향을 주는 것은 드라마 속의 근사한 주인공이 아니라 앞자리 아저씨의 질펀한 엉덩이다. 그래, 현실에는 송중기가 없지. 거부할 수 없는 현실의 타격이 거칠게 느껴졌다.

엉덩이에 불편함을 느낀 아저씨는 바로 뒤에 사람이 있다는 사실을 아는 건지 모르는 건지 혹은 알아도 신경 쓰지 않는 건지 온갖 방법을 동원하여 바지를 빼내려 했지만 그의 엉덩이는 바지를 놔주지 않았다. 손가락을 이용하여 바지를 잡아 빼보았지만 문제는 속옷인 것 같았다. 항문이 속옷을 물고 있는 것 같았다.

이쯤 되면 차라리 화장실에 가서 바지와 속옷을 모두 내렸다가 다시 올리는 과정을 거치는 것이 깔끔하지 않을까 싶었다. 하지만 아저씨는 고집스러웠고 아저씨의 엉덩이도 확고했다. 둘 다 여기서 끝장을 보겠다는 심보인 듯했다. 차마 눈 뜨고 보기 힘든 광경들이 한동안 연출되었다.

그만해...

조금 전까지만 해도 주위의 소음 따위에 아랑곳하지 않고 진지하게 서류를 보고 있던 점잖은 사람이었다. 멀끔한 고동색 정장을 차려입고 네모난 서류가방을 팔꿈치 아래에 끼고 있던 번듯한 사람이었다. 이토록 멀쩡했던 사람이 추접하게 변하는 것은 한순간이었다. 고작 앉았다 일어나는 정도의 차이였다. 점잖고 번듯했던 아저씨는 여전히 다리를 옴짝거리며 손가락으로 집요하게 자신의 엉덩이를 헤집고 있었다. 스스로를 보지 못하니 본인이 지금 얼마나 추접한지 알지 못하는 것 같았다. 시선을 돌리고 싶었지만 바로 눈앞에서 일어나는 일이라 모른 척할 수가 없었다.

후적후적. 후비적후비적. 얼마간의 너절한 시간들이 지난 후, 마침내 자신의 엉덩이와의 사투에서 승리한 아저씨는 다리를 크게 한 번 마름모 꼴로 만들고는 만족스러운 듯 자리를 떠났다.

그렇게 앞자리 아저씨는 개운하게 떠났지만 나는 무언가 찝찝한 기분에 휩싸였다. 내가 왜 남의 엉덩이를 강제 관람하고 있어야 하는가. 왜 민망함과 부끄러움은 나의 몫인가.

'기분이 더럽다'는 말의 참된 의미를 알게 되었다...

여기서 멈추지 않았다. 쉴 틈도 없이 새로운 사건이 일어났다. 아주 익숙한 냄새가 후각을 공략한 것이다. 이번엔 뒷자리였다.

이 냄새는... 설마...............?

언제 어디서든 화끈하게 존재감을 드러내는 멘소래담 냄새. 얼마나 강력한지 '멘소래담'이라는 글자만 봐도 냄새가 느껴질 정도다. 시원하고 매콤한 냄새, 막힌 코도 뻥 뚫릴 것처럼 차갑고 선명한 냄새가 코끝에 와닿았다. 미친 존재감이라는 단어가 후각에 와 박히는 기분이었다. 아니, 웬 멘소래담 냄새가… 누가 어디 발목이라도 삐었나?라는 생각에 뒤를 돌아본 찰나. 전혀 생각지도 못한 광경과 마주쳤다. 뒷자리에서 웬 아저씨가 윗도리를 다 들어 올리고 온몸에 멘소래담을 바르고 있었다!

몇 가닥 가느다란 터래기가 전부인 가뭄에 깃든 마른땅 같은 아저씨의 하얀 가슴팍과 어이없음에 하얗게 질린 내 눈이 마주쳤다. 그야말로 충격이었다. 멘소래담을 온몸에 바르고 있는 것도 충격이었지만, 저걸 여기서 저기다 저렇게 바르고 있는 것은 더 큰 충격이었다. 시원하게 몸에 바르고 싶으면 화장실에 가서 바르면 될 텐데. 사람들 다 보이게 왜 여기서? 도대체 왜? 상체를 다 드러내 놓고 왜? 공항 한가운데서 왜? 부끄러움이라는 감정을 모르는 걸까? 남들이야 어떻든 본인만 괜찮으면 다 괜찮은 걸까?

강렬한 타인들에게 청각과 시각, 후각을 순서대로 공격당하고 난 뒤 난 잠시 멍해졌다. 아까의 가볍고 상쾌하고 뭘 해도 다 될 것 같은 기분은 이미 사라진 지 오래다. 커피도 어느새 다 식어 버렸다. 제주도고 뭐고 당장이라도 집에 가서 이불 속에 드러눕고 싶었다. 다시 묵직한 무기력이 몰려오는 것 같았다.

…………하아아……
비행기나 타자…………

    간신히 힘을 내 배낭을 메고 일어섰다. 기운이 빠질 때면 남편이 준 100만 원을 생각했다. 사랑과 자본의 힘이 있으면 세상에 못 할 것이 없었다. 탑승 시간은 아직 20여 분이나 남았지만 게이트 앞에는 성급한 사람들이 벌써부터 줄을 서 있었다. 나도 그 대열에 합류했다.

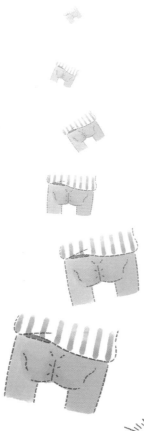

자꾸 생각나!!!

첫날부터
다시다난

드디어 도착

평일 대낮 저가 항공을 이용했는데도 비행기는 승객들로 가득 찼다. 제주도가 붐이긴 한가 보다. 오랜만에 탄 비행기 안은 역시 좁았다. 뒷좌석 아저씨가 불편한지 자꾸 내 등짝에 니킥을 날렸다. 옆자리 아줌마는 끊임없이 짜부락짜부락 껌을 씹었다. 나는 가만히 창밖을 바라보며 서울 하늘의 미세먼지 농도를 감상했다.

한 시간여를 날아 도착한 제주에는 부슬부슬 비가 내리고 있었다. 공항을 나서자마자 보이는 이국적인 풍경. 비릿한 비 냄새. 얕은 흙냄새. 숨통이 트이는 것 같았다. 공기가 확연히 달랐다. 오길 잘했다. 정말 잘했다. 우산이 없지만 상관없었다.

옆에서는 한껏 멋을 부리고 온 앳된 아가씨들이 이게 웬 비냐며 투덜거리고 있었다. 날씨에 에너지를 쏟다니. 아직 어리구나. 나는 연륜을 가득 담은 그윽한 눈빛으로 아가씨들을 바라보았다. 나도 저럴 때가 있었는데… 난 언제 이리 나이를 먹은 걸까. 난 언제부터 날씨가 아무렇지도 않아진 걸까.

깊게 생각하기도 전에 버스가 와서 올라탔다. 아가씨들 안녕. 좋은 여행하고 좋은 추억 쌓기를. 창밖으로 아가씨들이 멀어져 갔다. 나는 한때 내 모습이었을 아가씨들에게 남모르는 작별을 고했다. 귓가에서 잔잔한 기타 선율과 함께 김광석의 노랫소리가 들리는 듯했다. 제목은 '서른 즈음에'. 내 머릿속의 주크박스는 보통 원하지도 않을 때 원하지도 않는 노래를 반복적으로 틀어 주곤 하는데 오늘은 타이밍도 곡 선정도 좋았다. 버스 밖 풍경을 배경 삼아 나에게만 들리는 노래가 뮤직비디오처럼 흘렀다.

이 노래가 왜 명곡인지 뼈로 느끼는 요즘이다. 마흔을 바라보며 들으니 더 짙게 느껴지는 노랫말. 진심으로 인생을 마주하다 세상을 등진 가수의 덤덤한 목소리. 제목을 '마흔 즈음에'로 바꿔도 될 것 같다. 쉰을 바라보면 또 새롭게 들리겠지. 어쩌면 우린 죽을 때까지 이 노랫말을 반복하며 살지도 모르겠다.

아련…

    이런저런 생각을 하고 있는데 어느새 내릴 곳에 도착했다. 긴장감이 등줄기를 타고 흐른다. 승모근이 바짝 선다. 후후… 이제부터 시작인가… 그렇다. 나는 길치다. 지도 앱이 있어도 소용이 없다. 열심히 지도를 보고 따라가도 늘 헤매기 때문이다. 길 안내 앱이 있어도 소용이 없다. 아무리 안내대로 따라가도 '경로를 이탈하였습니다'라는 알림만 수없이 듣기 때문이다. 아마도 길치 콘테스트가 열린다면 나는 제일 먼저 탈락할 것이다. 콘테스트가 열리는 장소를 찾아가지 못해서.

길을 잃는 것은 나의 숙명

길치가 길을 잃는 것에는
이유가 없다.

방향감각이 좋은 사람들은 여기서 저기까지 가는 길이 머릿속에 3D로 훤히 그려진다고 한다. 하지만 나는 그게 어떤 느낌인지 가늠조차 할 수 없다. 길과 방향에 대한 에피소드를 말하자면 끝이 없을 정도다. 그걸로만 수십 페이지에 걸쳐 얘기할 수도 있다. 그래도 다행인 것은 길 잃는 것을 두려워하지 않고 초행길을 꺼려 하지 않는 습성이 있어서 아무리 길을 잃어도 또다시 여행을 떠난다는 것이다.

다행이야. 정말 다행이야.

겁 없는 길치

한참을 헤매고 걷고 걸어 길치로서의 본분을 충분히 다한 뒤에야 오늘 하루 묵을 게스트하우스에 도착할 수 있었다. 고작 하룻밤 묵을 곳에 이렇게 열과 성을 다해 찾아와야 한다니. 허무함이 몰려왔다. 본격적인 한 달살이 숙소 입소는 내일(토요일)인데 하루 먼저(금요일) 도착하다 보니 그렇게 됐다.

오늘 최저가 비행기에 최저가 게스트하우스를 합친 가격이 내일 비행기 가격과 비슷했기 때문이었다. 이놈의 최저가 인생.

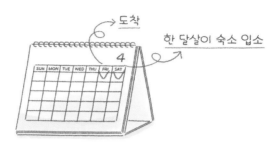

4인실 도미토리는 아주 깨끗하고 좋았다. 주변이 공사판이라는 사실만 빼면 충분히 만족스러웠다. 당당하게 창가 옆 1층 침대에 자리를 잡고 짐을 풀었다. 아직 나 외에는 아무도 없었다. 해는 뉘엿뉘엿 지고 있었고, 나는 저녁 뉴스를 기다리며 TV를 켜고 앉아 일기를 썼다. 그리고 머지않아 곧 알게 되었다. 도미토리에 평화는 없다는 것을.

 ## 첫 번째 여자

처음 들어온 사람은 제주도 여행광이라고 했다.

틈만 나면 휴가를 써가며 제주에 혼자 와서 며칠이고 여행을 다닌다고 했다. 제주가 너무 좋아서 나중엔 제주에서 살 거라고도 했다. 그러면서 내게 여기 가봐라 저기 가봐라 일러 주고, 자기가 가본 곳들 중에 어디 어디가 가장 좋았다고 추천해 주며 지도와 안내서를 여러 개 줬다. 예전엔 제주가 이랬는데 지금은 어쩌고저쩌고. 공사하는 곳이 너무 많고 예전처럼 한적하지도 않고 어쩌고저쩌고. 그녀는 하고 싶은 얘기가 엄청나게 많은 듯했다. 내게 계속 무언가를 알려 주고 싶어 했다.

문제는 내가 그녀에게 아무것도 묻지 않았다는 것이다. 그녀가 어떤 사람인지 궁금해하지도 그녀의 얘기를 듣고 싶어 하지도 않았다는 것이다. 나는 그저 새로운 사람이 들어오기에 "안녕하세요." 한 마디를 했을 뿐이었다. 그게 다였다.

그녀는 친절하게 웃으며 살갑게 다가왔지만 나는 금방 알아차렸다. 이건 호의가 아니다. 난 원한 적이 없으니까. 이건 배려도 아니다. 그녀가 알려 주려 하는 것들을 나는 단 일 초도 바란 적이 없으니까. 이건 그냥 일방적인 스팸메일 같은 거다. 요구한 적 없는 정보를 마구잡이로 들이대니까.

하지만 난감한 나와 달리 그녀의 입은 쉴 틈이 없었다. 어디 갔는데 뭐가 좋더라. 어디 가서 뭘 먹었는데 거기 진짜 맛있더라. 꼭 가봐라. 꼭 먹어 봐라. 스팸메일이 무작위로 쏟아져 들어왔다. 피곤했다. 곤란했다. "미안하지만 관심 없어요."라는 말이 목구멍까지 올라왔다.

당신의 기쁨과 추억은 당신에게나 소중하지 나에게는 아니다. 그건 당신이 걸어온 길이지 내가 나아갈 길은 아니다. 나는 한 달 동안 천장만 바라보고 누워 있을 거란 말이다. 나는 아무 데도 안 갈 거란 말이다. 나는 제주를 둘러보러 온 것이 아니라 나를 돌아보러 온 거란 말이다. 나를 제발 좀 내버려 둬라. 나에게 말 걸지 마라. 나 번아웃 증후군에 걸린 사람이다. 멘탈이 허약하다. 우울증이 코앞이다.

열심히 텔레파시를 보냈지만 소용없었다. 그녀는 나아가 자신이 찍은 사진들도 보여 주고 싶어 했다. 은근슬쩍 카메라를 꺼내는데 나름 좋은 기종의 디지털카메라였다. 아아아 제발. 뒷목이 뻐근해졌다. SNS에 올리는 것만으로는 부족한 것인가. 어쩌지. 어떡하지. 전혀 관심 없는데. 하지만 이 좁은 방엔 우리 둘밖에 없었고 딱히 거절할 구실도 없는 데다 때맞춰 전화나 카톡이 온 것도 아니었으며 나는 상대의 얘기를 중간에 자를 정도로 모질지도 못했다. 그렇다면 이제 내가 쓸 수 있는 카드는 영혼을 내려놓는 것밖에 없었다.

　다행히 그녀가 눈치채기 시작했다. 가만히 듣고 있었지만 분위기에서 지루함이 묻어났나 보다. 더 얘기를 이어 가고 싶어 하던 그녀는 내가 '네…', '아…' 이상의 말을 하지 않자 서서히 의지를 접었다. 다행이다. 완전히 눈치 없는 사람은 아니었다. 고마워요. 지금이라도 알아차려 줘서. 그녀는 아쉬운 듯 카메라를 만지작거리다가 다시 가방 안에 넣었다. 휴우…!

대화에 의욕을 잃은 그녀는 TV로 관심을 돌렸다. TV에선 뉴스가 한창이었다. 그녀가 물었다. "이거 보시는 거예요? 딴 거 보면 안 될까요?" 어휴, 되다마다요. 보고 있던 거지만 기꺼이 채널 선택권을 그녀에게 넘겼다. 내게 더 이상 말 걸지 않는 것만으로도 고마웠다.

그렇게 채널은 Mnet음악방송으로 향했고 그녀는 잠들기 전까지 아이돌 가수의 멋지고 예쁜 얼굴에서 눈을 떼지 못했다. 결과적으로는 이득이었다. 덕분에 나는 완전히 그녀의 관심 밖으로 벗어날 수 있었다.

하지만 기쁨도 잠시. 전혀 생각지도 못한 난관이 이어졌다.

곧 두 번째 여자가 들어왔기 때문이었다.

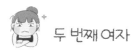 ## 두 번째 여자

그녀는 앞선 여자와 같은 침묵의 파괴자도 아이돌의 추종자도 아니었다. "안녕하세요." 무미건조한 인사 한 마디로 자리 잡고 끝낸 쿨한 그녀는 다름 아닌 방 온도의 조절자였다.

그녀는 방안의 온도가 한여름처럼 높아지고 겨드랑이가 습해지며 인중에 땀이 차고 숨이 턱턱 막히고 바닥이 뜨끈뜨끈해져야 비로소 만족하는 사람이었다. 처음 들어갔을 때 이미 방 온도와 공기, 습도가 적당해서 나는 보일러를 건들지도 않았다. 나 다음으로 들어온 여자도 마찬가지였다. 하지만 그녀는 달랐다. 들어오자마자 아무런 의논도 없이 다짜고짜 온도를 바짝 올렸다. 그녀의 희망 온도는 무려 31도였다.

처음엔 추위를 엄청나게 많이 타서 그런 건 줄 알았다. 하지만 아니었다. 단지 옷을 가볍게 입기 위해서였다. 여자는 아직 쌀쌀한 날씨에도 불구하고 방 안에서 짧은 반바지에 민소매 한 장만 입고 돌아다녔다. 방 안이 금세 펄펄 끓었다. 공기가 뜨겁게 달궈졌다. 덥다. 건조하다. 답답하다. 어쩌나… 어떡해야 하나… 괴로웠다. 힘들었다. 숨이 턱턱 막혔다. 창문을 열고 환기를 시키고 싶었다. 시원한 공기를 한껏 들이마시고 싶었다. 입술이 바짝바짝 말라왔다. 도저히 잠을 잘 수가 없었다. 사람 살려! 겨드랑이에 땀이 홍건했다.

안 되겠다. 더 이상은 못 견디겠다. 나는 벌떡 일어났다. 방바닥이 뜨거웠다. 보일러는 28.5도에서 맹렬하게 돌아가고 있었다. 이대로라면 곧 31도를 돌파하고도 남을 기세였다. 나는 달려가 희망 온도를 26도로 내렸다. 마음 같아서는 24도쯤으로 낮추고 시원하게 환기도 한번 하고 싶었지만 그랬다간 상대를 불편하게 만들 것 같아서 참았다.

마침내 보일러는 멈췄고 그녀는 아무 반응이 없었다. 다들 그새 잠이 든 것일까. 나만 홀로 이리 오랫동안 괴로웠던 것일까. TV는 꺼진 지 오래고 모든 것이 고요했다. 허망하다. 진작 일어나서 내릴걸. 방은 여전히 더웠다. 열기는 쉽사리 가시지 않았다. 나는 밤새 뒤척이며 잠을 이루지 못했다.

빨리 이곳을
떠나고 싶다...

빨리 혼자가
되고 싶다...

한 달살이 집으로

우에엥~. 이른 아침부터 공사장이 요란했다. 밤에는 미처 알지 못했던 엄청난 소음. 바로 옆에서 중장비들이 위용을 뽐내며 분주하게 움직이고 있었다. 나는 재빨리 아침을 먹고 미련 없이 게스트하우스를 빠져나왔다.

따로 숙소 잡기를 얼마나 잘 한 건지. 만약 한 달살이 숙소로 게스트하우스를 잡았다면 매일매일 바뀌는 여행자들 사이에서 서로의 다름을 조율하다가 시간을 모두 허비했을 것이다. 타인을 신경 쓰고 배려하느라 정작 나를 돌아볼 여유를 가지지 못했을 것이다. 안 그래도 인간관계에 피곤함을 느끼고 있었는데 정신적으로 더 피폐해질 뻔했다. 휴우. 다행이다.

자칫 한 달 동안 인간극장 찍을 뻔했어...

꿍...

한 달살이 집을 향해 버스를 탔다. 버스는 제주 시내에서 벗어나 나지막한 동네 사이사이를 굽이굽이 돌고 돌아 자그마한 정류장에 나를 내려주고는 쿨하게 사라졌다. 여기가 어디여. 나는 지도 앱을 켜고 따라 걸었다.

늘 그렇듯 정류장에서부터 한참을 헤매고 걸으며 길치로서의 본분을 충분히 다한 뒤에야 숙소에 도착할 수 있었다.

드디어 도착했다! 이 성취감! 이 해방감!

이제 더 이상 헤매지 않아도 된다는 사실에 마음이 편안해졌다. 입구에 들어서는데 건물 한쪽에 묶여 있는 개들이 나를 보고 컹컹 짖었다. 우와! 개도 있잖아! 세 마리나 있네! 한 달 동안 심심하진 않겠다. 잘 지내보자. 다가가 인사했다.

내가 머물 방 앞엔 엊그제 보낸 짐들이 벌써 도착해서 수북이 쌓여 있었다. 생사고락을 함께한 전우를 다시 만난 것처럼 격한 반가움이 몰려왔다. 고생했다. 날 위해 바다 건너 여기까지 무사히 와줘서 정말 고마워. 울렁울렁 두근두근 가슴이 뛰었다. 새로운 곳에서 새로운 시간과 새로운 공간을 마주하는 설렘이 성능 좋은 우퍼처럼 낮은 음역대로 심장을 때렸다. 현관을 열고 들어가 방을 확인했다. 다행히 사진으로 본 것과 같았다. 창문은 크고 방은 넓고 환했다. 세련되진 않았지만 소박하고 아늑한 분위기가 좋았다. 나는 이곳이 마음에 쏙 들었다.

잠시 방을 감상하고는 바로 짐을 풀어서 평소에 그러하듯이 침대와 테이블과 방바닥에 물건들을 늘어놓았다. 지나치게 정돈되어 있는 공간에 나만의 너저분한 체취를 입혔다. 겉옷은 옷걸이에 대충 걸어 놓고, 잠옷은 침대

위에 널어 놓고, 바닥엔 담요를 깔아 놓고, 가방은 한쪽에 던져 놓고, 박스들은 활짝 열어서 벽에 붙여 놓고, 테이블엔 내 물건들로 가득 채워 놓으니 끝. 와아! 이제야 비로소 내 집, 내 방이라는 기분이 들었다. 적당히 어수선해진 모습을 보니 마음이 한결 편안해졌다.

이제 정말 시작이구나.
한 달 동안 잘 지내보자!

나는 공간에게 인사를 건넸다.

PART - 2

아무것도
하지 않았다

나는 아무것도 하지 않고,
아무 데도 가지 않고,
대충 먹고, 대충 씻고 아무 때나 자면서
내 생에 최고의 게으름을 누렸다.

자유롭고
심오하게
빈둥거리기

자유와 여유

자유다! 내 공간! 내 시간! 모든 의무와 관계에서 벗어나 아무도 침범할 수 없는 나만의 공간에서 아무것도 하지 않아도 되는 엄청난 자유의 상태!

좋아서 미치겠다. 절로 웃음이 난다. 나를 아는 사람이 단 한 명도 없다. 한 달 동안 뭘 하든 뭘 먹든 어떻게 살든 모든 것이 내 맘대로다. 모든 시간을 오직 나를 위해서만 쓰면 된다. 세상 아무것도 신경 쓰지 않아도 된다. 으하핫! 정말 좋다. 가슴이 뻥 뚫리는 것 같다. 이런 감정은 실로 오랜만이었다.

컵라면에 햇반을 말아 먹고 하루 종일 웹툰을 보며 뒹굴뒹굴하다 잠이 들었다. 아침에 일어나면 TV를 보다가 핸드폰을 보다가 멍 때리다가 햇반에 3분 카레를 비벼 먹고 멀리 수평선 위를 기어가는 배를 보며 하루를 보냈다. 시간은 아주 천천히 흘렀고 머리는 생각을 멈췄다. 문득 맥주 생각이 나서 자전거를 타고 슬렁슬렁 근처 마트로 향했다. 읍내의 하나로마트에는 없는 것이 없었다. 나는 과자와 맥주와 각종 먹을 것을 잔뜩 골라 와서 냉장고와 박스를 가득 채웠다. 다이어트 따위 개나 줘버렷! 한 달 동안은 그딴 것 신경 쓰지 않을 테다! 내게 강 같은 평화가 흘러넘쳤다. 더 이상 바랄 것이 없었다. 지금 이 순간만큼은 이곳이 천국이었다.

세상 편한 자세로 밀린 드라마를 몰아 보면서 한라봉을 먹다가 깜짝 놀랐다. 세상에! 한라봉이 이렇게 맛있는 거였다니! 그동안 내가 먹은 것은 도대체 무엇이었단 말인가! 한 입 베어 무는데 입안 가득 침이 고였다. 향긋하고 상쾌한데 달콤하고 풍부했다. 솔직히 엄청 충격 받았다. 설날에 양가 집안 어르신들께 선물로 드리곤 했던 한라봉은 맛이 그냥저냥 맹탕이거나 혀가 시려 그다지 구미가 당기지 않는 과일이었다. 지금까지 내게 한라봉이란 그저 시고 질기고 심심한데 더럽게 비싸고 덩치 큰 귤에 불과했다.

하지만 마흔을 목전에 앞두고 깨달은 것이다. 한라봉의 참맛을. 와, 뭐지. 감동적인데 억울한 이 기분은. 이 맛있는 것을 이제야 알게 되다니!

한라봉으로 배를 채우고 삶은 닭가슴살을 들고 가 개들과 대면식을 했다. 개들이 신나서 펄쩍펄쩍 난리가 났다. 내친 김에 물그릇도 갈아 주고 주둥이와 머리도 긁어 줬더니 개들이 귀를 접고 내 손을 맞이했다. 이날 이후로 녀석들은 나만 보면 꼬리를 뱅글뱅글 돌리며 정열적으로 점프했다. 한 달을 함께 보낼 친구들이 생겼다.

개, 새, 날씨

개들은 에너지가 넘쳤다. 저렇게 에너지 넘치는 녀석들이 하루 종일 묶여 있다 니… 시골 개의 운명이라는 것이 다 그렇긴 하지만 그럼에도 안타까운 마음이 들어 나는 매일 창밖으로 개들을 바라보며 이름을 불러 주고 틈틈이 간식을 던져 주었다.

창문 아래로 물끄러미 개들을 바라보고 있는 시간이 좋았다. 나를 보고 반겨 주는 까만 눈동자와 앙증맞게 갈라진 하얀 발가락이 좋았고 쉴 새 없 이 출렁이는 힘찬 꼬리가 좋았다. 간식 한 번에 이렇게 친해질 수 있다는 단 순함이 좋았고 사소한 신경전을 벌이거나 상대의 감정을 배려하는 피곤함을 겪지 않아도 된다는 사실이 좋았다. 편안했다. 나에게 개들은 그 자체로 힐 링이었다.

내가 머물던 숙소는 언덕 위에 있어서 앞에 가리는 건물 하나 없이 시야가
탁 트이고 하늘이 넓게 보였다. 앞 베란다에는 주인아주머니, 아저씨가 직접
가꾼 푸른 정원이 펼쳐져 있었고 건너편엔 노란 유채 꽃밭이, 멀리엔 남색의
바다가 하얀 배를 싣고 넘실거렸다. 햇볕은 포근하게 방 안을 가득 채웠고 구
름은 시간을 잊은 듯 그 자리에서 움직이지 않았다. 방 안에 누워 있으면 너
른 창밖이 온통 하늘이었다.

　뒤뜰에는 주인아저씨가 키우는 아담한 귤나무 몇 그루가 서 있고 그 뒤로
나지막한 풀숲이 우거져 있는데 그중 가지가 많은 나무 하나에 매일같이 동
네 새들이 모여 반상회를 열었다. 어찌나 청량한 목소리로 온갖 얘기들을 떠
드는지 하루 종일 듣고 있어도 질리지가 않았다. 윗집 발자국 소리, 길가에
자동차 소리, 동네 꼬맹이들 고래고래 떠드는 소리는 듣기 힘들고 괴로웠는
데 새소리는 들어도 들어도 좋았다.

아침이면 까치가 신년 달력 메인 모델처럼 꼬리를 쭉 편 채 멋지게 날아다녔다. 오후에는 꿩이 날아와 오지랖 넓은 동네 영감님처럼 뒷짐을 지고 한참을 서성이다 가곤 했다. 참새들은 바로 앞까지 날아와 푸드득거리며 틈틈이 화려한 군무를 선보였다. 다 같이 한 번에 사방으로 촤~ 하고 날아갈 때면 마치 폭죽이 터지는 것처럼 보이기도 했다. 멧비둘기들도 하루가 멀다 하고 찾아와 목청 높여 노래했다. 숙소 뒤뜰에서 전국 텃새 노래자랑이 매일같이 열렸다.

꿩이 '꿩꿩' 하며 운다는 것도 처음 알았다. 예전에 누가 꿩은 꿩꿩 하고 운다길래 말도 안 된다며 웃어넘겼는데 그게 정녕 사실이었다니. 마흔이 눈앞이어도 세상은 아직도 모르는 것투성이다.

또 가끔은 개들의 파도타기 합창도 들을 수 있었다. 동네 개들이 저 멀리 어디서부턴가 짖기 시작해서 이윽고 근처에서 컹컹 짖는 소리가 들리면 숙소의 개들도 기다렸다는 듯 다 함께 짖었다. 그러면 아랫집에 머물고 있던 중년 부부가 개들에게 조용하라며 같이 소리쳤다. 뭐지? 뭘까? 다 함께 노래를 부르고 있는 걸까? 난 그저 이 모든 상황들이 영화를 보는 듯 흥미로워서 유쾌하게 지켜보았다.

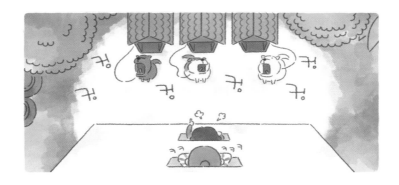

창밖의 날씨는 매일매일 바뀌었다. 그제는 비가 오고, 어제는 미친 듯이 바람이 불다가 오늘은 해가 쨍쨍하고 내일이면 뿌연 안개가 끼는 날들이 연이어 펼쳐졌다. 제주의 날씨는 너무나 변화무쌍해서 도무지 종잡을 수가 없었다. 이게 정녕 4월의 날씨란 말인가. 마치 사춘기에, 생리에, 첫사랑에, 중간고사까지 겹친 중2 여학생의 감정 변화를 보고 있는 것 같았다.

아무래도 상관없었다. 나는 내게 닥치는 모든 날들이 좋았다. 맑으면 맑아서 좋았고 비가 오면 비가 와서 좋았다. 밖에서는 바람이 인사불성이 되어 불어제쳐도 내 마음엔 평화가 가득했다. 완벽하게 제3자가 되어 세상을 관망하고 있는 기분이었다. 밤이면 개구리들이 꽉꽉 울었다. 나는 발정기 개구리들의 애타는 구애의 울음소리를 자장가 삼아 스르륵 잠이 들곤 했다.

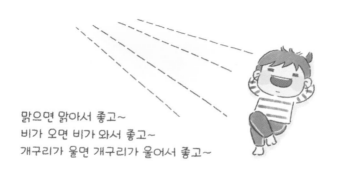

맑으면 맑아서 좋고~
비가 오면 비가 와서 좋고~
개구리가 울면 개구리가 울어서 좋고~

나는 아무것도 하지 않고, 아무 데도 가지 않고, 세상 그 누구의 간섭 없이, 대충 먹고 대충 씻고 아무 때나 자면서 내 생에 최고의 게으름을 누렸다. 마음껏 나를 내버려 뒀다. 본래 성향이 타고난 집순이인지라 하루 종일 방 안에만 있어도 갑갑한 줄을 몰랐다. 옆 마당의 개들만이 나를 이따금씩 움직이게 만들 뿐이었다. 내가 방구석에서 적당히 숨만 쉬고 있어도 세상은 잘만 돌아갔다. 진정한 휴식이었다.

하지만 안타깝게도 기쁨의 시간은 길지 않았다. 드넓은 자유를 만끽하며 세상이 핑크빛으로 보이던 시간은 고작 일주일에 불과했다. 생각지도 못했다. 자유가 길어지면 한계에 부딪힌다는 것을.

 내 안의 적

사람이 갑자기 모든 의무와 관계에서 벗어나 아무도 침범할 수 없는 나만의 공간에서 아무것도 하지 않아도 되는 엄청난 자유의 상태에 놓이게 되면 어떤 일이 벌어질까?

미칠 듯 기쁘고 신나고, 가슴이 뻥 뚫린 듯 시원하고 행복하겠지?

그렇다. 처음엔 즐겁고 뿌듯하고 행복해서 가슴 벅찬 시간들을 보내게 된다. 지루하고 심심하다는 느낌조차 소중해서 감격하게 된다.

하지만 그러한 시간들이 지나고 나면 곧바로 차가운 불안과 서늘한 두려움이 엄습해 온다. 계속 이러고 있어도 되나 하는 자기반성에 빠지고 뭐라도 해야 할 것 같은 강박에 휩싸이며 곁에 있지도 않은 타인의 눈을 의식하고 어쩔 줄 몰라서 방황하다가 생각의 홍수에 휩쓸려 결국 우울해진다. 적어도 나는 그랬다.

살면서 그 누구의 간섭 없이, 돈 걱정조차 없이 마음 놓고 충만한 게으름을 누려 본 사람이 몇이나 있을까? 이렇게 자유롭게 마음껏 아무것도 안 해도 되는 상황을 겪어 본 사람이 몇이나 될까? 한 번도 누려 본 적도 들어 본 적도 없는 시간 속에서 나는 갑자기 불안해졌다. 격한 자유가 좋아서 일분일초 흐르는 것조차 아까워하며 기쁨에 몸부림치던 나는 느닷없이 찾아온 불안에 적잖이 당황스러웠다.

이렇게 계속 아무것도 안 하고 있어도 괜찮은 걸까?

하루하루를 이렇게 보람 없이 살아도 괜찮은 걸까?

그동안 꾹꾹 눌러 놓았던 생각들이 봇물 터지듯 쏟아져 나오기 시작했다.

나 정말 계속 이러고 있어도
괜찮은 걸까?

두 둥

그저 일주일간 아무것도 하지 않고 가만히 나를 놓아주었을 뿐인데, 아무에게도 휘둘리지 않고 아무것도 하지 않으려 여기까지 와서 틀어박힌 건데 뜻밖의 난관에 봉착해 버렸다. 그동안 달려오던 관성이 나를 가던 방향으로 계속 끌고 가려 한다. 이 정도 쉬었으면 됐으니 이제 다시 일어나 달리라고 한다. 뭐라도 하라며 앞으로 앞으로 내 등을 떠민다. 알지 못했다. 내가 이미 달리는 삶에 익숙해져 있다는 것을.

나는 홀로 초조해졌다. 적은 내 안에 있었다. 아무것도 하지 않고 마냥 뒹굴뒹굴하며 숨만 쉬려던 나를 채근하고 휘두르는 것은 바깥의 누군가가 아니라 바로 나 자신이었다. 내 안에 굳게 도사리고 있는 냉철한 이성이 내게 삿대질을 하며 이러쿵저러쿵 개념에 가득 찬 조언을 던졌다. 내 안에 서식하고 있는 고지식한 꼰대가 내게 정신 차리라며 듣기 싫은 바른말을 쏟아냈다.

　나는 쓸데없이 시간을 죽이고 있다는 죄책감과 나 자신이 한심하다는 자괴감에 마음이 파랗게 물들기 시작했다. 뭐라도 해야 할 것 같은 강박에 안달이 났고 일말의 보람과 성취감을 느끼려는 욕구가 강하게 올라왔다. 그렇게 나는 딜레마에 빠졌다. 아무것도 하고 싶지 않은데 뭐라도 해야 할 것 같아서 미치겠는 딜레마.

시간을 알차게 보내야 한다는 강박에서 해방되기란 힘들었다. 나란 여자가 평소에도 하루하루를 알차게 보내는 사람이 아닌데 왜 여기까지 와서 이런 강박에 시달리고 있는 건지 도무지 알 수가 없었다. 그 누구의 간섭도 받지 않고 당당하게 아무것도 하지 않으려 여기까지 왔건만, 정작 아무것도 하지 않는다는 것을 내 안의 다른 나는 용납하지 못하는 것 같았다.

여태까지 그래 본 적이 없었으니까. 백수였을 땐 적어도 집에서 책이라도 읽고, 새로운 공부라도 하고, 청소하고, 빨래하고, 인생의 계획이라도 세웠으니까. 여행 갔을 땐 이곳저곳을 다니며 보고 듣고 느끼고 글이라도 썼으니까. 이렇게 본격적으로 시간을 죽이며 먹고 싶은 대로 마음껏 먹고 자고 싶은 대로 마음껏 자고, 몇 날 며칠을 연속으로 아무것도 안 하고 드러누워 있어 본 적이 없었으니까. 이렇게 나 자신에게 한없이 관대했던 적이 없었으니까. 내 안의 이성적인 나는 이러한 상황이 어색하고 불편했던 것 같다. 왜 갑자기 안 하던 짓을 하냐며 나를 호되게 질책했다.

114

나는 어찌할 줄을 모른 채 마음이 요동치는 대로 이리저리 끌려다녔다. 내가 나를 달달 볶고 다그치는 이 상태를 도대체 어떻게 해결해야 할지 방도를 몰랐다. 차라리 상대가 있다면 싸우고 반항하고 원망이라도 하겠는데 이건 뭐 어쩌란 말인지. 이건 지금까지 내가 배우고 자라며 만들어 낸 내 안의 나다. 심지어 개념과 이성으로 무장한 논리의 끝판왕이다. 이걸 어떻게 이긴단 말인가!

이런 상태가 며칠간 계속되자 마음 한가운데서 다시 무기력이 치솟고 우울증이 곰팡이처럼 번식하기 시작했다. 축축한 갯벌이 된 것 같았다. 눅눅한 이불이 된 것 같았다. 내 안에 있던 모든 습한 감정들이 올라와 스며들 듯 나를 점령하고는 마음껏 그 위세를 떨쳐댔다. 무기력과 우울을 피해 제주도까지 왔는데 여기서 또다시 그놈들을 마주하고 앉아 있자니 미치고 팔짝 뛸 노릇이었다.

솔직하게 말해서 벽지의 얼룩이나 바라보고 하루 종일 드러누워 있으면 마음이 마냥 편안할 줄 알았다. 커피 한 잔 옆에 놓고 구름 흘러가는 거나 바라보고 있으면 마음이 내내 평온할 줄 알았다. 그렇게 나는 방구석에서 홀로 사랑과 평화를 실천하며 한반도와 세계의 무사 안정에 기여하고, 그런 식으로 한 달이 지나고 나면 마음이 한없이 여유롭고 너그러워진 상태로 다시 컴백할 줄 알았다. 그리하여 웬만한 일들에는 짜증 한 번 내지 않는 둥글둥글한 어른이 되어 중년을 맞이할 줄 알았다.

하지만 일주일이 지나자 편안은 불안이 되고 평온은 우울이 되었으며 뭘 어떻게 해야 할지 몰라 우왕좌왕하다가 급기야는 내가 나를 괴롭히는 지경이 되고 말았다.

내가 나를 마주하는 시간에 평화는 없었다.
이게 팩트였다.

 VS

생각지도 못한 상황에 스트레스를 받은 나는 자포자기한 상태로 맥주와 과자와 매운 라면을 시도 때도 없이 먹어 치웠다. 날카로운 스트레스로 인해 생긴 마음의 구멍들을 물리적 먹거리로 채웠다. 적어도 무언가를 먹는 순간만큼은 불안을 잊을 수 있었다. 포만감이 드는 순간만큼은 짧은 만족을 느꼈다.

전혀 배가 고프지 않은 상태임에도 나는 무엇인가에 홀린 사람처럼 흐린 눈빛으로 불닭볶음면을 뜯었다. 용암처럼 시뻘건 소스가 악마의 향기를 풍기며 나를 반겼다. 어제도 이걸 먹고 화장실에서 고생하다가 결국 피똥을 쌌다는 사실은 중요하지 않았다. 입과 위장과 항문이 모두 괴로웠지만 먹는 순간만큼은 묘한 카타르시스가 느껴졌다. 단것과 기름진 것과 매운 것은 스트레스에 대항하는 유일한 방패였다.

뜻밖의 자아성찰

물론 배가 부르다고 나아지는 것은 없었다. 포만감의 기쁨과 매운맛이 주는 카타르시스는 잠시뿐이었다. 오히려 얼마 지나지 않아 몸무게가 늘고 살이 찔 것에 대한 공포가 엄습해 왔다. 배도 안 고픈데 괜히 먹었다는 후회가 명치를 후려쳤다. 다이어트 따위 신경 쓰지 않고 지내려 했지만 마음처럼 쉽지는 않았다. 살찌는 건 쉽고 빨라도 살 빼는 건 길고 어렵다는 사실을 익히 잘 알고 있기 때문이었다.

마음은 여전히 커다란 돌덩이가 들어앉은 듯 답답했다. 난 왜 이럴까. 난 왜 이 모양일까. 나는 등을 둥글게 말고 앉아 방바닥에 시선을 고정시키고 스스로를 책망했다.

의미 없이 인생 살기 대회, 하는 일 없이 시간 죽이기 대회,
허송세월하며 나이 들기 대회 나가면 분명 TOP3 안에 들 거야...

한숨을 내쉬며 탄식하고 있는데 갑자기 머릿속에서 번쩍 의문이 들었다. 아니, 잠깐. 그런데 난 애초에 아무것도 안 하고 마냥 뒹굴거리려고 여기에 온 건데? 나를 푹 쉬게 하고 나를 놓아주고 나를 다독여 주려고 여기까지 온 건데? 왜 내가 하는 일 없이 시간만 죽이고 있다고 스스로를 한심하게 여겨야 되는 거지?

아니, 애초에 인생을 의미 있게 산다는 게 뭘까? 매 순간순간을 알차게 보내야만 의미 있게 사는 삶일까? 그럼 순간을 알차게 보낸다는 건 또 뭘까? 끊임없이 무언가를 위해 생산적인 일을 하며 보람을 느껴야만 알차게 사는 걸까? 그럼 미적미적 우왕좌왕하면서 어영부영 시간을 보내면 알차지 않은 인생일까? 난 그런 시간들이 인생의 대부분인데? 그럼 난 잘못 살고 있는 걸까?

잘 산 인생이란 또 뭘까? 그런 건 누가 검증하고 누가 인정해 주는 걸까? 성공해서 무언가를 이루는 것이 잘 산 인생일까? 아니면 돈을 많이 벌거나, 맛있는 거 많이 먹거나, 여행을 많이 다니는 것이 잘 산 인생일까? 누군가 "너 참 대단하다."라고 인정해 줘야 잘 산 인생일까? 근사하고 예쁘고 폼 나고 그럴듯해야 잘 산 인생일까? 그렇게 겉으로 보이는 모습으로 타인이 인정해 주는 삶이 정말 잘 산 인생일까? 솔직히 그런 인생은 TV나 SNS나 서점의 자기계발서란에 이미 넘쳐난다. 그럼 그들이 모두 잘 산 인생일까?

아니면 사회에서 말하듯 주어진 일에 최선을 다하고, 매일매일을 성실하게 살고, 꿈을 가지고 열정적으로 노력해서 결국 원하는 바를 이루어 내는 것이 잘 산 인생일까? 이런 구태의연하고 모범적인 답안이 정말 잘 사는 인생의 표본일까? 솔직하게 말하면 난 요즘 노력, 성실, 열정, 최선… 이런 단어들에 신물이 난다. 그렇게 살아서 얻은 결과가 바로 번아웃 증후군이기 때문이다. 누굴까? 저런 단어들을 절대 선善으로 포장해 집단 최면을 걸어 인류를 옭아맨 사람은.

 최선을 다해 열심히 사는 것보다, 사회와 직장의 성실한 일꾼으로 사는 것보다, 열정적으로 내가 가진 재능과 에너지를 모두 쏟으며 사는 것보다 더 중요한 것은 그냥 나답게 사는 것 아닐까? 누구처럼 되기 위해 사는 게 아니고 무엇이 되기 위해 사는 게 아니라 그저 있는 그대로의 나를 인정해 주고 누가 뭐라든 나 자신으로서 당당하게 살아가는 것. 그게 가장 중요한 것 아닐까? 그렇게 나답게 살아 낸 인생이 결과적으로 가장 잘 산 인생 아닐까?

누가 뭐라든 중심 잡고
당당하게 나답게 사는 것

그럼 내가 정말 나답게 살려면 어떻게 해야 할까? 어떻게 해야 있는 그대로의 나 자신을 사랑해 주고 인정해 줄 수 있을까? 아니, 애초에 나답다는 게 뭘까? 내가 나라고 부를 수 있는 건 또 뭘까? 내 안에 널브러진 이 수많은 생각과 감정들 중에서 도대체 어떤 걸 나라고 할 수 있을까? 내가 어떤지를 알아야 나다운 게 어떤지도 알 수 있지 않을까? 진정한 나란 과연 뭘까?

...........................?

음...? 어라......???

잠깐..........

이게 바로 말로만 듣던......

자아성찰??!!!!?!?!?!??!

이럴 수가. 생각지도 못한 일이 벌어졌다. 이 물음들이 정말 내 안에서 나온 것이란 말인가? 수많은 의문들을 따라온 결과 본연의 나 자신에게 집중하게 되었다. 나를 돌아보고 나 자신에게 집중하는 시간을 가지려고 여기까지 온 건 맞지만 그것이 이런 식의 성찰로 이루어질 줄은 몰랐다.

득도에도 때가 있는 것인가.

내 속에는 내가 너무도 많아

생각은 꼬리에 꼬리를 물고 이어졌다. 몸이 아무것도 하지 않으면 생각이 그 자리를 채운다는 것을 알았다. 내 안의 나는 작심한 듯 온갖 것들을 쏟아냈다. 내 안에서 올라오는 생각과 감정들을 계속 바라보고 있는 것은 굉장히 피곤하고 힘든 일이었다. 가만히 누워만 있는데도 에너지가 쭉쭉 빨렸다. 나를 이렇게 세세하게 들여다본 것은 처음이었다.

해결되지 않은 과거의 감정들과 다가오지 않은 미래에 대한 고민들이 현재의 나에게 쉬지 않고 묵직한 펀치를 날려 댔다. 끝도 없이 솟아오르는 생각들은 눅눅하고 무거웠고, 시원한 해답도 확실한 정답도 없는 모호한 상태에서 스스로 더듬더듬 길을 찾는 일은 고단하고 지루했다. 답답한 마음에 맥주를 얼마나 마셨는지 모르겠다. 살찌면 다 내 책임이다. (응?)

내 안 구석구석 숨어 있던 감정들이 와르르 쏟아져 나왔다. 마치 이 순간만을 기다렸다는 듯 온갖 감정들이 떼 지어 몰려나왔다. 오랫동안 싫어했던 사람이 눈앞에 있는 듯 생생했고, 자다가 이불을 박차고 벌떡 일어날 만큼 부끄러워 미칠 것 같은 과거가 연달아 생각났다. 사소한 일에도 난 왜 그럴까 고개를 떨구며 자책하던 마음과 사사건건 나 자신을 다른 사람과 비교하며 열등감에 들끓던 마음, 생각지도 못한 일을 당했는데 막상 그 앞에선 별 대꾸도 하지 못했을 때 뒤늦게 느꼈던 세상 없을 억울함, 어릴 적 내 마음을 외면하던 부모님에 대한 원망 등 온갖 감정들이 그물에 걸린 오징어처럼 줄줄이 올라왔다. 어선으로 치면 만선이었다.

몇 년도 지난 일들이 갑자기 왜 이렇게 선명하게 생각나는 건지 도무지 알 수가 없었다. 그 당시 해결되지 않은 감정들이 지금을 해소될 수 있는 기

회로 여기는 게 아닐까 가늠해 볼 뿐이었다. 내가 감정을 너무 억누르고 산 걸까? 너무 모르는 척, 아닌 척, 회피하고 산 걸까? 억지로 웃으며 밝은 사람인 척, 긍정적인 사람인 척하다 보니 과부하가 걸린 걸까?

익숙하면서도 낯선 감정들의 연속이었다. 나를 돌아본다는 것이 이런 것이었을까? 나에게 집중한다는 것이 이런 것이었을까? 이거야 원. 알 수가 있어야지. 나는 완전히 새로운 경험을 하고 있었다.

나는 일단 휘뚜루마뚜루 쏟아져 나오는 감정들을 피하거나 누르지 않고 있는 그대로 두기로 했다. 억지로 나아지려 하지도, 일부러 좋아지려 하지도 않았다. 그저 감정이 요동치면 요동치는 대로, 들쑤시면 들쑤시는 대로 그냥 내버려 둘 뿐이었다. 실컷 울고 나면 속이 좀 후련해지듯 감정도 나올 만큼 나오고 나면 좀 가벼워지지 않겠나 싶었다. 그게 몸과 마음의 건강에 좋을 것 같았다.

나를 돌아보고 돌봐 주러 왔으니
진짜 그렇게 함 해보자...

꿀꺽 —

　나는 화가 나면 화가 나는 대로, 미우면 미운 대로, 불안하면 불안한 대로,
슬프면 슬픈 대로, 억울하면 억울한 대로, 원망스러우면 원망스러운 대로 올
라오는 감정들을 지켜보며 모두 그대로 내버려 두었다. 이왕 이렇게 된 거
이참에 내 감정의 민낯을 제대로 바라보고 싶었다.

쉬운 일은 아니었다. 감정이 대기권을 치솟았다가 다시 지구핵 근처로 떨어지기를 반복했다. 하루에도 열두 번 오르락내리락하는데 얼마나 에너지가 빠지는지 감정 기복만 반복해도 다이어트가 될 것 같았다. 초대형 태풍이 마음 한가운데에 상륙한 것 같았다. 시속 200Km로 몰아치는 비바람을 뚫고 앞으로 걷고 있는 것 같았다. 수많은 감정들이 나를 잔뜩 헤집어 놓으며 마음을 온통 쑥대밭으로 만들었다.

나는 끙끙 앓으며 버텼다. 혼자이기에 가능한 일이었다. 곁에 남편이 있었다면 분명 짜증 내고 성질 내고 넌 내 맘 모른다며 울고불고 난리 쳤을 것이다. 난 그러고도 남을 인간이다.

..................???
...............??????

.........으응......????????

남편이 100만 원을 주면서
날 여기까지 보낸 이유가 설마...

이게 모두 남편의
큰 그림...?????!
!?!!?!?!?!!!?!?
!!!!!???!!!?!?!
!!!!!!!!!!!!!!!?

100만 원 주고 마누라를 보냄
→ 들들 볶이지 않음
→ 마음의 평화
= 이득!!!

계획대로

ㅋㅋ

ㅋㅋㅋ

이런 범상치 않은
남자 같으니...

뭐 어쨌든 다행이었다. 나는 돈이 생겨 다행이고 남편은 나에게 휘둘리지
않아 다행이고. 결과적으로는 둘 다 윈윈이었다.

여전히 정신은 없었다. 4살쯤 된 아이들 수십 명이 동시에 사방에서 튀어나와 자기 좀 알아 달라고 떼쓰고 보채는 기분이었다. 끔찍했다. 무시무시했다. 한마디로 내 속에 내가 너무 많았다. 아뿔싸! 그 생각을 하자마자 내 안의 주크박스가 또 일을 시작했다. 안 그래도 우울해 죽겠는데 더 우울한 노래를 머릿속에 틀어 준 것이다. 그렇다. '가시나무'였다.

내 속엔 내가 너무도 많아 당신의 쉴 곳 없네
내 속엔 헛된 바람들로 당신의 편할 곳 없네

조성모가 머릿속에서 두 손을 모으고 노래를 부르기 시작했다. 이런 젠장. 감정들이 순식간에 바닥으로 곤두박질쳤다. 마음이 돌연 지나치게 경건해졌다. 당장 촛불을 켜고 무언가를 반성해야 할 것 같은 기분이 들었다. 이건 아냐… 나는 몸서리를 치며 얼른 유튜브에서 자우림의 '가시나무'를 찾아 재생했다. 사람마다 취향이 다르겠지만 같은 '가시나무'라면 나는 역시 자우림 버전이 좋았다. 방 안에 곧 김윤아의 절규가 가득 찼다. 김윤아가 내 멱살을 붙잡고 울부짖는 것 같았다. 가슴이 뜨거워졌다. 그래. 이거야. 나는 방구석에 쭈그리고 앉아 하루 종일 김윤아가 부르는 '가시나무'를 들으며 맥주를 마셨다. 별다른 안주가 없는데도 맥주가 쭉쭉 들어갔다.

다음 날이 되었다. 전날 하루 종일 '가시나무'를 들으며 간접적으로 절규해서 그런지 감정이 눈에 띄게 차분해졌다. 나는 본격적으로 어떻게 하면 이 감정들이 잘 해소되어 떠나갈 수 있을까를 고민하기 시작했다.

한참의 고민 끝에 나는 태블릿을 켜고 워드 파일을 열었다. 물류 센터의 택배 박스처럼 산적해 있는 감정들을 효과적으로 잘 정리하려면 글로 풀어내는 것이 가장 좋은 방법일 것 같았다.(심리학에서도 감정을 해소하는 방법 중에 '자서전 쓰기'가 있다.)

처음엔 일기장과 스케치북에 감정들을 생각나는 대로 휘갈겨 썼다. 하지만 이 많은 걸 모두 손으로 풀어내기에는 한계가 있었다. 두어 장만 넘어가도 손목이 타들어 가는 듯 뻐근했기 때문이다. 올라오는 감정들을 모두 빠르게 적어 내리려면 키보드를 두드리는 게 나을 것 같았다.

나는 태블릿에 블루투스 키보드를 연결해 내 안의 감정들과 지나간 사건들을 생각나는 대로 써 내려갔다. 누가 볼 게 아니기 때문에 자기 검열도 하지 않았다. 처음엔 뭘 어떻게 시작해야 할지 몰라 버벅거렸지만 올라오는 감정들을 생각나는 대로 마구마구 가감 없이 쓰다 보니 점점 속도가 빨라졌다.

　나는 욕설과 비속어를 조화롭게 섞어 가며 누군가를 신랄하게 미워하고 욕하고 원망했다. 생각해 보면 감정이란 모두 타인이 있기에 생긴 것이었다. 상대가 없는 감정은 없었다. 그래서 감정을 해소하려면 반드시 그 감정과 연관된 타인을 불러내야 했다.

　나는 당사자를 앞에 두고 말하듯 워드에 있는 힘껏 소리쳤다. 요란하게 키보드를 두드리며 그동안 쌓아 놓았던 악감정을 마음껏 쏟아부었다. 그간 괜찮은 사람인 척하느라 꾹꾹 눌러놓았던 시커먼 감정들을 유전 발굴하듯 콸콸 터뜨려 냈다. 조용한 고함이 천지를 뒤흔들었다. 나는 내가 이렇게 욕을 잘하는 사람인 줄 몰랐다. 쓸데없이 새로운 재능을 발견했다.

나는 밥 먹고 화장실 가는 시간만 빼고는 계속 앉아서 글을 썼다. 아니, 글로 감정을 배설했다. 대장내시경 받기 전 날 약을 잔뜩 먹고 숙변을 제거하듯, 안 좋은 일이 있던 날 술을 진탕 마시고 위장을 게워 내듯 감정을 남김없이 워드에 뿜어냈다.

나는 지나간 과거를 마음껏 후회하고 다가올 미래를 실컷 걱정했다. 누군가를 있는 힘껏 미워하고 누군가를 힘 닿는 데까지 원망했다. 착한 척, 괜찮은 척, 쿨한 척 하느라 못 했던 말들을 모두 워드 위에 시원하게 뱉어 버렸다. 글을 쓰면 쓸수록 뜨거운 희열이 느껴졌다. 눈이 커지고 머리가 맑아지는 기분이었다. 신기했다. 짜릿했다. 해소된다는 것이 이런 거구나 싶었다. 나는 몇 날 며칠에 걸쳐 나를 힘들게 했던 모든 것들을 글로 처단했다. 내 글에 자비는 없었다.

이거 나중에 출력해서 몽땅 불태워 버려야지~

적당히 느슨하고 미지근하게

새까맣던 감정들이 눈에 띄게 옅어지기 시작했다. 놀라울 정도로 뚝. 뚝. 감정의 무게가 큰 폭으로 내려갔다. 비로소 숨통이 트이는 것 같았다. 이제야 시야가 좀 맑아진 것 같았다. 무언가 나 자신이 또렷해진 기분이 들었다.

언제 또다시 케케묵은 감정들이 들쑤시고 일어나 자기 좀 알아 달라며 나를 괴롭힐지 모르겠지만 일단 지금은 편안했다. 어떻게든 나를 움직이게 만들려던 이성의 목소리도 자취를 감췄다. 아무것도 하지 않아도, 마음껏 시간을 죽이며 늘어져 있어도 더 이상 마음에 걸림이 없었다.

내가 지금 여기서 진짜로 원하는 것은 내 안의 이성이 바라듯 무언가를 해서 생산적인 시간을 보내는 것이 아니라 한껏 게으르게, 한껏 무의미하게, 한껏 빈둥거리며 허송세월하는 것이었다. 내가 정말 원하는 삶이란 내 안의 에너지를 모두 쏟아 내며 뜨겁게 나를 불태우는 삶이 아니라 적당히 느슨하고 적당히 미지근하게 세상에 묻어가는 잉여의 삶이었다.

나는 세상의 빛과 소금이 되기보다는 산 중턱의 작은 나뭇가지나 돌 틈 사이의 들꽃이고 싶다. 딱히 눈에 띄진 않지만 돌아보면 거기에 있는 그런 사람이고 싶다. 나는 그냥 내 자리에서 조용히 나 자신이고 싶다.

아등바등 최선을 다해 열심히 사는 것은 피곤하다. 열정도 한때다. 내 인생은 어느덧 전반전이 모두 끝났고 이젠 다가올 후반전을 준비해야 한다. 나는 이제 곧 중년이라 불리는 나이 마흔이다. 그리고 마흔 이후엔 인생을 늘어난 니트 티처럼 적당히 대충대충 성글고 여유롭게 살고 싶다.

좀 더 적당히 살자. 좀 더 편하게 살자. 까칠해도 괜찮아. 예민해도 괜찮아. 실수해도 괜찮아. 모자라도 괜찮아. 부족해도 괜찮아. 불안해도 괜찮아. 두려워도 괜찮아. 틀려도 괜찮아. 나를 더 아껴 주자. 나를 더 보듬어 주자. 나에게 더 많은 것들을 허용해 주자. 세상의 기준에 맞춰 나를 채찍질하는 대신 나를 더 놓아주자.

나는 누구처럼 살거나 누구처럼 되는 게 아니라 그냥 나 자신으로 살기로 했다. 세상 그 무엇이 아니라 그냥 나 자신으로 살기로 했다. 그렇게 온전히 나답게 살기로 했다. 나답게 산다는 것에 대해서도 나름대로 답을 얻은 차였다.

나답게 산다는 것은
내가 어떤지를 알고,
내가 무엇을 원하는지를 알고,
내가 뭘 하고 싶은지를 알고,
사회와 타인의 목소리보다
나 자신에게 더 집중하며 사는 것.
누가 뭐라든
나를 소중히 여기고
나를 아끼는 배짱을 가지고
살아가는 것.

이쯤 되니 속이 다 시원했다. 사이다 한 병을 원샷 하고 트림까지 마친 기분이었다. 물론 정답은 모른다. 누가 인생에 정답을 알까? 그저 남이 던져 준 것이 아니라 스스로 고민해서 얻어 낸 답이라는 데에 의미를 둘 뿐이다.

같은 답이어도
고민 없이 남이 준 것을 받은 것과
고민 끝에 내가 스스로 얻어 낸 것은
다르다.

뿌   듯

어느새 마음에는 환하게 볕이 들었다. 태풍이 지나간 자리에는 구름 한 점 없이 맑은 하늘이 나를 기다리고 있었다. 마음에 청명한 여름이 온 것 같았다. 나는 이부자리를 걷어차고 일어났다. 바닥엔 빈 맥주 캔이 가득했다.

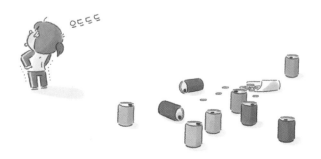

오드드드

헛되게 시간 낭비하기

나는 본격적으로 허송세월하기 시작했다. 청아한 새소리, 멀리 해안도로에서 자동차가 지나가는 소리, 방 안에는 은은한 베이비파우더 향기….

커피는 구수했고 시간은 넘쳐났다. 나는 한가로이 앉아 끼니를 때우고 또다시 드러누웠다. 내가 방바닥인지 방바닥이 나인지 모를 지경이었다. 이불과 나의 경계가 사라져 물아일체의 경지에 이른 듯했다. 그렇게 아무리 빈둥거려도 도대체 질리지가 않았다. 이대로 죽어도 여한이 없을 것 같았다. 언젠가 세상에 종말이 올 거라면 그 순간이 바로 지금이었으면 좋겠다고 생각했다.

나는 있는 힘껏 빈둥거렸다. 여태껏 겪어 본 적 없는 충만한 게으름을 누렸다. 12시간을 자고 일어나서 또 잤다. 하루 종일 앉아서 손톱 가생이의 굳은살을 다듬고 인기 웹툰을 정주행하고 해녀에 관한 다큐멘터리를 보면서 감동받아 눈물을 주룩주룩 흘리다가 느릿느릿 날이 저무는 소리를 들었다. 스케치북에 끄적끄적 낙서를 하다가 영화 하나 다운 받아서 연거푸 세 번을 돌려 보기도 했다.

이따금씩 마당에 내려가 개들과 놀아 주고 맑은 날엔 숙소 건너편의 유채 꽃밭을 구경했다. 비가 내리는 날엔 너른 창밖으로 휘청거리는 야자나무와 160도 각도로 내리는 비를 감상했다. 그러다 배가 고프면 자전거를 타고 근처 식당에 가서 먹고 싶은 것을 마음껏 먹었고 돌아올 땐 마트나 편의점에서 이것저것을 사 들고 와 그걸로 또 며칠을 때웠다. 과자와 맥주도 마음껏 먹었다. 나는 내 인생 최고로 나 자신에게 관대했다.

아무것도 하지 않아도 괜찮아. 하루 종일 빈둥거려도 괜찮아. 대충대충 때워도 괜찮아. 적당히 넘어가도 괜찮아. 힘들면 안 해도 괜찮아. 하고픈 대로 다 해도 괜찮아. 모두 다 괜찮아.

내 안에는 지금까지 내가 배운 모든 것들과 완벽하게 반대되는 목소리로 가득 찼다. 누구나 죄악시하던 것들. 그러면 안 된다고 모두가 입을 모아 말했던 것들. 개미와 베짱이로 치면 전형적인 베짱이 생활. 난 그것을 하고 있었다. 나는 내 안의 목소리에 귀 기울이며 본연의 나 자신에게 충실했다. 모두가 무릇 이래야 한다는 사회의 기준을 멀리하고 오직 나만을 위한 시간을 가졌다.

　　　허송세월이 체질이었다.

개싸움, 사건의 전말

어느 날 밤, 제각각 다른 곳에서 묶여 지내는
동네 개 두 마리가 서로 격한 말싸움을 벌였다.

멍!

머엉!

어우우~
멍멍!!

머엉머엉~

멍멍멍

몽몽!

멍멍멍엉엉

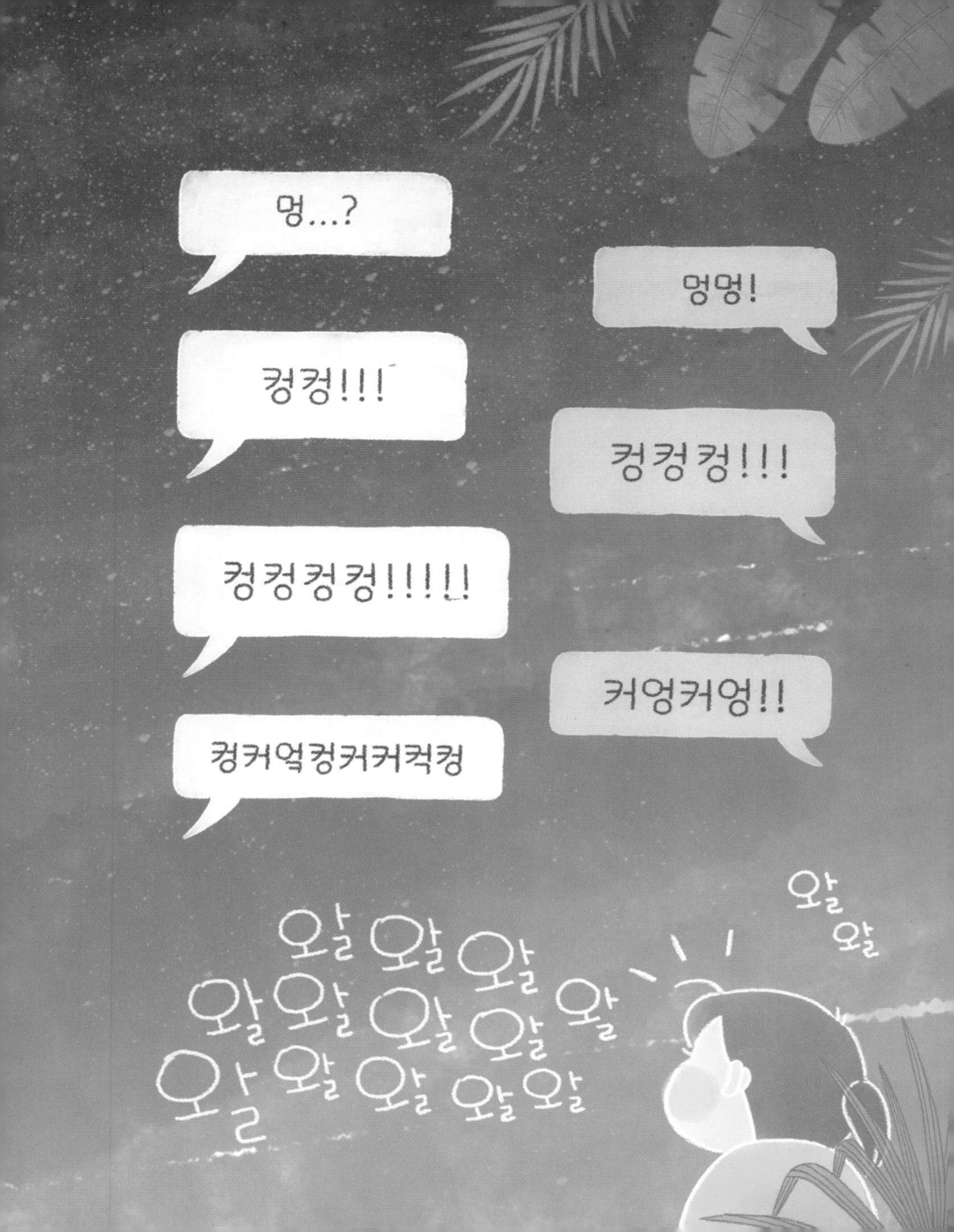
멍...?
멍멍!
컹컹!!!
컹컹컹!!!
컹컹컹컹!!!!!
커엉커엉!!
컹커억컹커커컥컹
왈왈
왈 왈 왈
왈 왈 왈 왈 왈
왈 왈 왈 왈 왈

그 소리가 내게는 이렇게 들렸다.

야~ 저녁밥 먹었냐~?

어~ 고깃국에 사료 말아서.

와~!! 부럽!!!
난 주인이 날 잊었나 봐.
배고파 디지것다...

우짜냐. 미안하다.
나 뼈다귀 핥는다ㅋㅋㅋ

와, 새끼...
혼자 먹으니 맛있냐!

어ㅋㅋㅋㅋㅋ
부러우면 이리 와라.

와~미친놈ㅋㅋㅋ
나 묶여 지낸 지 6개월째여~

잠깐... 너 몇 살이냐?

나 9개월 됐는디?

미친놈아~ 난 한 살이야! 형이라 불러!!!

알 게 뭐여?! 나이 많은 게 벼슬이여?

이놈이 위아래가 없구먼! 그러니 저녁밥도 못 얻어먹지.

뭐?!! 너 다시 말해 봐!!!

너?? 너어??? 형이라니까!!!

왈왈왈 왈왈 왈 왈왈왈 왈 왈 왈 왈왈

싸움 날마 하네~ ㅋㅋㅋ

할 일도 없는데
날씨도 좋고
음식도 맛있다니!
세상에, 천국이 따로 없었다.

02

여유롭고
고단하게
빈둥거리기

숙소 사람들

내가 머물고 있는 숙소에는 나 외에도 여러 사람들이 더 있었다.

늘 꽃분홍색 상의를 입고 다니는 주인아주머니는 정이 많고 인심이 후한 분이었다. 개들과 놀아 주고 있으면 스윽 다가와 밥은 제대로 챙겨 먹고 있냐며 국과 반찬을 나눠 주시곤 했다. 몇 날 며칠을 집 밖으로 나오지 않으면 무슨 일 생긴 건 아닌지 걱정된다며 커피를 타서 들고 올라와 안부를 물어봐 주셨다. 여기까지 와서 나처럼 안 돌아다니는 사람은 처음 본다며 신기해하기도 하셨다. 나는 아주머니를 어머니라고 부르며 살갑게 따랐고 감사한 마음에 딸기를 사서 드리거나 폼 잡으며 마시려고 들고 간 (비싼) 홍차도 기꺼이 나눠 드렸다.

밥은 먹었어?

주인아저씨는 과묵하고 잘생긴 백발의 할아버지였다. 일흔이 넘은 나이에도 불구하고 번듯한 풍채에 숱 많은 머리카락, 뚜렷한 이목구비가 꽃노년의 미모를 밝혔다. 아저씨를 보면서 소싯적에 아가씨들 여럿 울렸겠다고 생각했는데 알고 보니 진짜 사실이어서 당황하기도 했다. 하지만 잘생김도 세월에는 장사 없는지 뭇 여성들의 심금을 울렸던 과거의 영광은 모두 어디로 가고 지금의 아저씨는 어딘가 무료하고 생기 없어 보였다. 항상 활기 넘치는 아주머니와는 사뭇 대조적인 분위기였다.

앞집엔 1년살이 가족이 살고 있었는데 자세한 사정은 모르지만 아이가 아파서 요양 온 것 같았다. 아파서 그런 건지, 성격 탓인 건지 아이는 종종 소리치고 떼쓰는 걸로 문제를 해결하려 했고 아이 때문에 그런 건지, 원래 성향이 그런 건지 아이 엄마는 늘 어두운 기운을 풍기고 다녔다. 간혹 마주칠 때면 고개를 숙이고 사람을 쳐다보지 않았다. 나는 받지도 않는 인사를 허공에 건네곤 했다. 그러다 한번은 주인아주머니가 주신 반찬을 들고 신나게 들어가고 있는데 자기도 그거 받았다면서 왜 자꾸 쓸데없이 이런 걸 주는지 모르겠다고 해서 깜짝 놀랐다. 나로선 생각지도 못한 발언이었다. 그게 앞집 아이 엄마와 나눈 처음이자 마지막 대화였다. 아, 정말 어두운 사람이었다.

아랫집엔 LA에서 온 은퇴한 중년 부부가 머물고 있었는데 미국보다 제주도가 더 좋다며 노년을 제주에서 보낼까 고민 중이라고 했다. "엄… 내가 watch 했는데 제주도가 제일 nice 하고…" 이런 말투를 쓰는 것이 신기했다. 교포 말투라는 것이 정말 있었다니. 말로만 들었지 실제로 본 것은 처음이었다. 하지만 평소엔 한국어를 더듬으며 영어를 섞어 말하다가도 개들이 컹컹 짖을 때면 유창한 한국어로 개들을 나무라곤 했다. "조용히 해! 건빵 줄까? 먹을래? 니네 귤 먹니?"라며 건빵과 귤을 던져 주기도 했다. 저럴 바에야 그냥 편하게 계속 한국어를 써도 될 것 같은데.

LA 부인은 말이 많았다. 볼 때마다 주인아주머니를 붙잡고 계속 무언가
를 주저리주저리 떠들고 있었다. 나는 행여라도 얽혀서 피곤해질까 봐 마주
치면 목례만 하고 얼른 자리를 피했다. 다행히 LA 부인은 나에게 전혀 관심
이 없었다. 정말 다행이었다.

윗집에도 가족이 살았는데 어쩐지 단 한 번도 보지 못했다. 윗집 사람들은 매일 이른 아침 집을 나서서 늦은 밤에나 들어왔다. 아침저녁으로 시끌벅적 계단 오르내리는 소리만 들릴 뿐이었다. 뭐 어쨌거나 이래저래 사람들이 있어서 마음이 든든했다. 혹시라도 숙소에 나 혼자 있으면 어쩌나, 밤에 무서우면 어쩌나 걱정했는데 기우였다. 나는 완벽하게 혼자였지만 동시에 모두와 함께 있었다.

이 봄에
나처럼 한가한 사람들이
많은 것 같구먼 ~

 비빔국수

냉장고에 맥주가 똑 떨어져서 자전거를 끌고 나왔다. 즉석식품도, 햇반도, 컵라면도 모두 새로 사야 했다.

자전거에는 그새 거미줄이 가득했다. 아파트 베란다에는 1년 넘게 세워 놓아도 먼지만 뽀얀데 여기는 며칠만 세워 놓아도 거미줄이 **빽빽**했다. 이게 벌써 몇 번째고.

계속 이렇게 집 지으려면
똥꼬 찢어지겠다...
거 미안하네...;;;

자기 집을 가지려면 똥꼬가 찢어지도록 일해야 한다는 점에서 거미에게 동질감이 느껴졌다. 이걸 어쩌나. 뭔가 남 같지 않은 마음에 나는 잠시 머뭇거렸다. 하지만 철거할 수밖에 없었다. 백팩에 맥주와 먹거리를 가득 싣고 와야 하는데 자전거가 없으면 길이 고될 것이다. 마침 거미는 집에 없었다. 그나마 다행이었다. 집주인을 마주하지 않자 죄책감이 한결 덜했다. 뭐 어차피 치워 놔도 며칠 지나면 또 홍건하겠지. 나는 빗자루를 들어 거미집을 쓸어 내렸다.

거미줄을 제거하고 본격적으로 페달을 밟는데 아니 이건 또 뭔가. 으드딱 따닥뜨딕띠 자전거가 온갖 소리를 내며 요란하게 떠든다. 며칠 안 탔다고 체인에 녹이 슬었나 보다. 거 참, 육지에선 1년을 안 타도 멀쩡했는데. 바다가 코앞이라 그런가. 어찌나 요란한지 스윽 지나가기만 했는데도 길가 풀숲에 앉아 있던 참새들이 놀라서 우르르 날아가 버렸다. 먼발치에 서 있던 까치도 후두둑 날아가 버렸다. 이게 웬 민폐인가. 나는 괜히 민망해졌다.

요란한 내 자전거는 국수 가게 앞에서 마침내 그 소리를 멈췄다. 딱히 국수를 먹으려 한 것도 아니었는데 국수 가게 간판을 보자 저절로 발길이 그 앞에 멈춰 섰다. 위장이 오늘 자 점심 메뉴를 결정했다는 신호를 하체에 보낸 듯했다. 이즈음 나를 지배하는 것은 뇌가 아니라 위胃였다. 하긴, 이 집 국수는 언제 먹어도 맛있었다. 그래. 오늘 점심은 비빔국수다. 나는 못 이기는 척 들어가 비빔국수와 주먹밥 세트를 시켰다.

국수 가락이 젓가락 사이에서 춤을 췄다. 쉴 새 없이 움직이는 오른손에 맞춰 입은 벌렸다 오므리기를 반복했다. 쫀쫀한 면발과 매콤달콤한 양념이 식도에서 사랑을 속삭였다. 이따금씩 양념이 지나치다고 느껴질 때면 주먹밥을 한 입 베어 먹었다. 미각과 위장이 동시에 풍성한 기쁨을 누렸다. 창가에선 은은한 햇살이 오늘의 기분에 피처링을 해주고 있었다. 할 일도 없는데 날씨도 좋고 음식도 맛있다니! 세상에, 천국이 따로 없었다.

이곳이 천국......!!!!!

맛있는 걸로 배를 채우고 나니 기분이 부쩍 좋아졌다. 이왕 이렇게 된 거해안도로나 한번 달려 볼까? 오랜만에 맥심 모카골드에서 벗어나 바닷가의 멋진 카페에서 전문가가 내려 주는 원두의 깊은 맛을 느껴 볼까? 날도 좋고 기분도 좋으니 절로 의욕이 샘솟았다. 역시 탄수화물은 밝은 에너지의 원천이다. 나는 바다를 향해 힘차게 자전거를 밟았다. 시원 짭짤한 바람이 온몸 구석구석을 감싸 안았다. 겉옷으로 입은 카키색 잠바가 슈퍼맨의 망토처럼 등 뒤에서 힘차게 펄럭거렸다. 자전거는 여전히 으득딱따 요란스러웠다.

꺄아아아아~

으드딱따드디리

오르막길

제주도의 해안도로는 자전거 길이 정말 잘 되어 있었다. 쫄쫄이를 입은 자전거 부대가 벌써 몇 번째 느릿느릿 움직이는 나를 지나쳐 길을 달렸다. 제주까지 자전거 타러 오는 사람들이 무척 많은 것 같았다.

딱히 정해진 목적지 없이 세상 한가로운 나는 가다 서다를 반복하며 낚시꾼들을 구경하고, 바다와 하늘을 핸드폰에 담고, 이쁜 척 셀카를 찍고 돌 틈 사이를 거니는 갯강구를 관찰했다.

평일 대낮의 해안도로는 아주 한적해서 자전거를 타고 다니기에 더없이 좋았다. 바다와 마주한 도로마다 제각기 모양이 다른 현무암들로 가드레일

을 해놓은 것이 소박하고 아름다웠다. 곳곳에서 빨간 동백꽃이 유혹하듯 잎을 떨구며 존재감을 뽐냈고 길가에선 노란 유채 꽃이 앙증맞게 춤을 추며 분위기를 돋우었다. 골목에는 나지막한 돌담이 여행자를 반기고 바다에는 새까만 현무암이 파도를 맞이했다.

나는 천천히 자전거를 밟으며 구불구불한 바닷길을 계속 달렸다. 이미 카페 여러 개를 지나친 상태였다. 딱히 급할 것도 없어서 갈 데까지 가본 뒤 들어가 앉을 곳을 결정하기로 했다. 가다가 내키지 않으면 다시 길을 거슬러 돌아오면 그만이었다.

그러다가 어느 순간 오르막길이 시작되었다. 바퀴가 무겁게 느껴지고 다리에 힘이 들어간다 싶어 돌아보니 어느새 오르막에 올라 있었다. 뭐, 처음엔 어렵지 않았다. 내 위장엔 아직 탄수화물이 가득했고 허벅지엔 여전히 기운이 넘쳤다. 언뜻 보기엔 경사도 적당해서 충분히 오를 수 있을 것 같았다.

나를 지나쳐 힘차게 오르막을 오르는 자전거 부대를 보며 왠지 나도 할 수 있겠다는 근거 없는 용기가 샘솟기도 했다.

하지만 두 뼘 정도 되는 바퀴에 기어도 없는 내 자전거와 근육이란 그저 폼으로 달고 다니는 허접한 내 육신과 평생 지구력이라고는 가져 본 적 없는 남루한 내 멘탈에 이런 오르막길은 무리였다. 나는 앞서 지나간 자전거 부대와는 기본부터가 달랐다. 일단 쫄쫄이를 입고 있지 않았다.

큰일을 해내는 사람들은 모두 쫄쫄이를 입지.
슈퍼맨, 배트맨, 스파이더맨, 캡틴 아메리카, 자전거 부대...

금세 숨이 차올랐다. 폐가 터질 것만 같았다. 온몸에 힘이 잔뜩 들어가서 그런지 다리를 굴리는데 날갯죽지가 아팠다. 심장이 빠른 속도로 뛰었다. 입술이 바짝바짝 말랐다. 혓바닥에서 녹슨 쇠 맛이 느껴졌다. 목구멍 안쪽에서부터 입 밖으로 커다란 주먹이 튀어나오는 것만 같았다. 등에서는 땀이 둔부를 향해 흘렀고 몸은 사우나를 차린 듯 뜨거운 열기로 가득 찼다.

오르막은 이제 고작 1/3 정도 올랐을 뿐이었다. 당장이라도 멈추고 싶었다. 남은 길이 지나치게 멀고 길게 느껴졌다. 하지만 왠지 여기서 그만두면 무언가에게 지는 것 같은 기분이 들었다. 평생 노력과 끈기가 부족한 사람으로 낙인찍힐 것만 같았다. 작은 목표도 달성하지 못하고 쉽게 포기하는 사람으로 남은 생을 살게 될 것만 같았다. 살면서 몇 번 발동된 적 없는 미약한 뚝심이 하필 여기서 포텐을 터뜨렸고 나는 그에 부응하려 있는 힘껏 발을 굴렀다. 그러다 숨이 턱 끝까지 차올라 죽을 것 같을 때 갑자기 정신이 번쩍 들었다.

으응???

혁
혁
혁
혁

근데 나 도대체
왜 이러고 있는 거지?!!

왜 이 고생을
사서 하고 있는 건데??!?

　도대체 이 오르막을 자전거로 끝까지 오른다고 해서 내게 남는 것이 무엇
이란 말인가! 나는 운동으로 성취감을 얻는 타입이 아니다. 팔굽혀펴기 5번
하던 것을 7번 해냈다고 해서 성취감을 느끼지 않는다. 그냥 죽도록 힘들기
만 할 뿐이다. 마찬가지로 자전거로 오르막을 끝까지 올라가 봤자 그뿐이다.
나는 지금 쓸데없는 일에 에너지를 낭비하고 있는 거다.

통장에 잔고가 늘어나야
성취감을 느끼는 타입

나는 주제도 모르고 오르막을 오르던 발을 멈추고 자전거에서 무거운 몸뚱이를 내렸다. 발이 땅에 닿으니 비로소 살 것 같았다. 할딱거리던 숨이 점점 편안해지기 시작했다. 짧은 시간 급하게 무리한 허벅지에서 달달달 작은 경련이 느껴졌다. 쥐가 나지 않은 것이 다행이었다.

왜 이 고생을 사서 하고 있었던 걸까. 탄수화물 때문에 잠시 객기가 넘쳤던 걸까? 왜 나 자신에게 쓸데없는 목표를 주입해서 스스로를 한계 너머로 몰아붙인 걸까. 왜 이 길을 오르지 못하면 내가 부족하고 모자란 사람이 될 거라고 생각했던 걸까. 이런 식으로라도 동기를 부여해서 자존감을 고취시키고 싶었던 걸까? 아니, 좀 중간에 포기하면 어때서? 끝까지 안 하고 중간에 내팽개치면 뭐가 어때서?

이런저런 생각을 하며 자전거를 끌고 남은 오르막길을 올라가기 시작했다. 자전거를 타고 오르는 것보다 훨씬 수월했다. 심지어 속도는 더 빨랐다.

아, 이렇게 쉬운 것을...!!!
이렇게 쉬운 것을!!!
이렇게 쉬운 것을!!!
이렇게!!! 이렇게!!!
이렇게 쉬운 것을!!!!!

터덜
터덜

사는 게 이러하지 않을까. 기어도 없는 자전거를 타고 바득바득 오르막을 오르고 있는데 아무도 알아주지 않고 그 누구도 내 수고를 인정해 주지 않는 것. 남들 뒤꽁무니를 좇으며 숨이 턱턱 막히도록 빡세게 올라가 봤자 쓸데없이 에너지만 탕진하고 내 몸만 상하는 것. 차라리 진즉에 내 육체와 자전거의 한계를 깨닫고 일찌감치 내려서 자전거를 끌고 오르막을 올랐다면 이렇게 힘들지는 않았을 텐데. 그냥 나답게 올랐으면 좋았을 텐데.

그래도 뭐, 중간에라도 깨닫고 자전거에서 내려서 다행이었다.

잘했다!!! 중간에라도 알아차렸으니 됐어!!!
포기는 빠를수록 좋지!!!!!

아!
거!

오르막 정상에 오르니 앞서간 자전거 부대의 자전거들이 들쭉날쭉 서 있었다. 그 옆에선 쫄쫄이를 입고 헬멧을 쓴 아저씨들이 앉아서 커피를 마시고 있었다. 잠시 쉬었다가 다음 길을 떠나려나 보다. 앞서가든 뒤따라가든 어차피 이렇게 정상에서 만나는 것을. 자전거를 타고 가든 끌고 가든 이렇게 같은 곳에서 만나는 것을. 허허허… 나는 조금 허무해졌다.

정상에는 사람들이 바글거렸다. 이곳이 뭔가 유명한 관광 포인트인 것 같았다. 한쪽에 큼지막한 해녀 동상이 하나 서 있었는데 관광객들이 와글와글 모여들어 동상과 사진을 찍고 있었다. 나는 자전거를 묶어 두고 잠시 해녀 동상을 구경하다가 이내 먼 바다를 바라보았다. 날이 좋아서 그런지 물결이 잔잔했다. 정상은 힘들게 오르막을 올라온 보람이 있을 정도로 멋있었지만 그렇다고 두 번 오르고 싶을 정도는 아니었다. 솔직히 나는 그냥 멋진 카페를 찾으려다 우연히 여기까지 온 것뿐이었다.

　다리가 후들거렸다. 피곤이 급격하게 몰려왔다. 이제 더 이상 멋진 카페는 아무 의미가 없었다. 아무 데나 들어가자. 나는 짧은 구경을 마치고 동상 앞에 널찍하게 자리 잡고 있는 프랜차이즈 카페에 들어가 아이스 카페라테 그란데 사이즈와 어니언베이글을 주문했다. 불과 얼마 전에 비빔국수와 주먹밥 세트를 먹었다는 사실은 중요하지 않았다. 그것들은 이미 오르막을 오르는 새 모두 소진되어 버렸다. 나는 지금 약간 예민하고 피곤했으며 머리가 띵하고 속이 허전한 상태였다. 그렇다. 당이 떨어진 거다. 크림치즈를 듬뿍 바른 베이글이 필요한 타이밍이었다.

　나는 동그란 베이글에 새하얀 크림치즈를 꾸덕꾸덕 발라 남김없이 먹어 치웠다. 카페라테는 거의 원샷으로 비워 냈다. 뱃속에 거지가 살고 있냐고 물어도 할 말은 없었다.

내리막길은 아주 쉬웠다. 나는 그저 자전거 페달에 두 발을 살포시 올리고 양손으로 핸들과 브레이크만 가볍게 잡고 있을 뿐이었다. 내리막길의 거센 바람에 맞서 카키색 잠바는 더더욱 힘차게 펄럭거렸고 앞머리는 모두 정수리를 향해 올라가 이마는 의연하게 그 광활한 대지를 뽐내었다. 심지어 민낯이었다. 하지만 외모가 유례없는 흑역사를 찍고 있는 와중에도 기분은 아주 상쾌했다. 이게 내리막길 때문인지, 바람 때문인지, 베이글 때문인지 도통 알 수가 없었지만 아무튼 그랬다.

나는 편의점과 마트를 차례대로 들러서

맥주와 햇반과 각종 먹거리를 사들고 숙소로 돌아왔다.

와아아~!

문을 열자마자 보이는 늘어진 옷가지들.

익숙한 너저분함.

마음이 푸근해졌다.

몸이 녹아내리는 것 같았다.

역시 내 방이 제일 좋았다.

플리마켓

플리마켓에 가보고 싶었지만

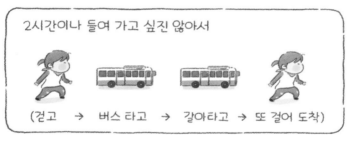
2시간이나 들여 가고 싶진 않아서

(걷고 → 버스 타고 → 갈아타고 → 또 걸어 도착)

그냥 집에 있었다.

귀찮...

03

맛있게 먹고
신나게 떠들며
빈둥거리기

 보리빵

어느 날 오후였다. 한가로이 누워서 보지도 않는 TV를 배경음악처럼 틀어 놓고 초점 없는 시선으로 알 수 없는 곳을 바라보며 멍 때리고 있다가 갑자기 보리빵이 너무 먹고 싶어져서 벌떡 일어났다.

보리빵!!!!!
쑥보리빵!!!!!

순식간에 보리빵이 머릿속을 가득 채우며 내 의식을 지배하기 시작했다. 코에서는 앞에 있지도 않은 보리빵의 구수한 냄새가 느껴졌고 눈앞에는 뽀얀 김이 솟아오르는 보리빵이 하얀 들보 위에 널려 있는 듯했다. 몇 초 사이에 나는 이미 보리빵의 노예로 변했다. 조금 전까지 이 세상 사람이 아닌 것처럼 흐릿했던 나는 사라지고 보리빵으로 또렷한 의식을 가진 내가 탄생했다. 한낱 보리빵에 나를 이토록 내맡기다니. 분하지만 어쩔 수가 없었다. 이건 당장 보리빵을 먹어야만 해결되는 일이었다.

보리빵에 지배당한 비루한 인간

보리빠앙

가끔 그럴 때가 있다. 갑자기 먹고 싶은 것이 생각났는데 그것이 너무 강렬해서 아무것도 못 할 정도가 될 때. 그래서 반드시 그것을 먹어야만 해결될 때. 탄수화물 중독 때문에 그러는 거라는데 뭐 난 이미 빼도 박도 못 할 탄수화물의 노예니까 부인하지 않겠다. 평소엔 떡볶이나 햄버거, 라면의 지배를 받는데 오늘은 보리빵의 지배를 받는 것이 차이라면 차이랄까.

빵과 면은 영혼의 양식이지.

암~

그나저나 보통은 스트레스를 받아야만 이런 증상이 나타나는데 오늘은 갑자기 왜 이러는 건지 도통 알 수가 없었다. 나는 지금 스트레스를 받고 있는 걸까? 왜 이러는 거지? 아무것도 안 하고 밥 먹고 TV 켜고 누워 있기만 했는데!

가만히 누워서 빈둥거리고만 있어도
인간은 스트레스를 받는 것인가?!!!

숙소에서 자전거를 타고 조금만 나가면 맛있는 보리빵집이 있었는데 저렴하고 소박한 데다 예스러운 맛이 일품이었다. 한 달살이 초반에 밥 먹을 곳을 찾아 돌아다니다가 우연히 발견하고는 구수한 냄새에 이끌려 충동구매로 사 먹었는데 가격 대비 훌륭한 맛에 반해서 그 뒤로는 생각날 때마다 찾아가 사 먹곤 했다. 말랑말랑하면서 거칠고, 쫀득쫀득하면서 담백하고, 고소한 보리 냄새와 향긋한 쑥 냄새가 어우러진 맛있는 보리빵이었다. 특히 솥에서 막 쪄 나온, 김이 모락모락 나는 상태로 먹으면 그 맛이 정말 기가 막혔다.

우오오!!!

한번은 사장님께 보리빵이 정말 맛있다고 한마디 건넸더니 기다렸다는 듯 사장님의 자부심 가득한 자랑이 쏟아졌다. 빵 하나하나를 얼마나 좋은 재료로 얼마나 정성껏 만드는지, 제주도와 가파도에서 나는 보리는 여기서 다 쓴다는 말부터 이 빵들이 모두 전국에 택배로 보내진다는 내용까지. 심지어 얼마 전에 아들이 결혼했는데 어디에 무슨 가게를 오픈했다는 얘기까지 모두 들었다. 의도치 않게 갑자기 남의 소식에 밝아졌다.

나는 그저 빵이 맛있다고 한마디 했을 뿐이었다.

아하핫

나는 보리빵 6개를 사 들고는 숙소를 향해 자전거를 밟았다. 방에 늘어져서 TV 보면서 먹어야지. 세상에서 가장 편안한 자세로 먹어야지. 조금씩 뜯어서 야금야금 먹어야지. 남으면 내일 아침으로 먹어야지. 커피랑 같이 맛있게 먹어야지. 생각만 해도 즐겁고 신이 났다. 으하하! 이런 게 바로 행복이지! 숙소로 돌아오는 길 위에서 나는 저렴하지만 성대한 기쁨을 누렸다.

 주인아주머니의 아침마당

나만의 보리빵 타임을 가지겠다는 당찬 포부는 정원에서 꽃을 심고 계시는 주인아주머니를 만나고 와르르 무너졌다.

솔직히 나는 이곳에서 사람들과 전혀 섞이고 싶지 않았지만 그러기엔 내가 너무 낯가림이 없었다. 아아, 나란 인간은 왜 이리도 아무한테나 쓸데없이 넙죽넙죽 말을 잘 건단 말인가. 주인아주머니를 보고 "어머니, 뭐 하세요?"라고 말을 거는 순간 나만의 보리빵 타임은 이미 끝났다.

낯가림이 없고 리액션이 좋은 스타일

"응. 꽃 심고 있어. 어디 다녀왔어?"

"네. 보리빵 사 왔어요."

"아이고! 보리빵 좋네!"

"아… 보리빵 드실래요? 쑥 보리빵도 있어요."

"그래! 우리 여기서 같이 먹자! 내가 커피 타 올게!"

아주머니는 마침 출출하셨는지 크게 반가워하며 순식간에 커피와 사과를 내오셨다. 이렇게 나는 생각지도 못하게 아주머니와 함께 정원에 앉아 티타임을 가지게 되었다. 마침 날씨도 좋았다.

"내가 어젯밤에 친구랑 놀다가 집에 늦게 들어왔어. 그랬더니 우리 아저씨가 난리 난리가 난 거야. 그래서 아저씨랑 그냥 대판 싸우고는 꼴도 뵈기 싫어서 밤에 집을 나왔지. 근데 내 친구도 늦게 들어갔다고 남편이랑 싸웠대! 그래서 둘이 집 나와서 같이 햄버거를 먹으러 갔어. 요기 조금만 가면 맛있는 햄버거집이 있어. 나중에 가봐. 그런데 거기 햄버거가 엄청나게 커! 아마 자기 머리통만 할 거야. 밤중에 둘이 햄버거를 먹는데 햄버거가 어찌나 큰지 아무리 먹어도 끝이 없는 거야. 세상에 그걸 다 먹고 배가 불러서 밤에 잠을 못 잤다니까. 그랬더니 아침에 늦게 일어난다고 우리 아저씨가 또 난리 난리를 치는 거야! 어휴… 그래서 아침 댓바람부터 또 싸웠잖아. 내가 못 살아 정말. 근데 그거 먹었다고 어쩜 그렇게 눈이랑 얼굴이 팅팅 붓는지 아침에 몰골이 말이 아니었어. 점심 지나고 나니까 이제야 좀 사람 형상이 나오더라고."

아주머니는 순식간에 쉬지도 않고 이런저런 얘기들을 쏟아 내셨다. 어쩌면 아주머니는 출출한 게 아니라 심심하셨던 것일지도 모르겠다는 생각이 들었다.

"난 자기처럼 한 달씩 와서 혼자 지내고 가는 사람들 보면 정말 너무 부러워. 내 꿈은 혼자 한 달 동안 버스 타고 부산 배낭여행을 다녀오는 거야. 부산을 옛날에 한 번 가봤는데 너무 좋더라고. 부산 가봤어? 좋지? 그래. 정말 딱 한 달 동안만 혼자서 배낭 메고 부산에 여행 가고 싶어.

실은 통영도 가보고 싶은데… 거기까지 간다고 하면 욕심이라고 할까 봐… 진짜 내가 이렇게 잘 움직일 수 있을 때 조금이라도 더 나이 먹기 전에 다녀오고 싶은데, 칠십 전엔 꼭 다녀오고 싶은데 우리 아저씨가 절대로 허락을 안 해줘. 절대 안 된대… 에휴… 난 그래서 자기 같은 사람들 보면 참 부러워…."

미국도 아니고 유럽도 아니고 고작 부산이었다. 중국도 아니고 일본도 아니고 고작 부산이었다. 평생에 딱 한 달. 고작 부산 배낭여행이라는 소박하기 그지없는 꿈. 칠십을 바라보는 나이에 가슴 깊이 간직하고 있는 아주 작고 작은 꿈. 이 긴긴 인생에서, 그 긴긴 결혼생활에서, 한 달간 나만의 시간을 가지고 홀로 부산을 다녀오겠다는 것이 왜 이루지 못할 꿈일까. 통영까지 가보고 싶다는 소망이 어찌하여 지나친 욕심일까. 너무 안타까웠다. 늘 유쾌했던 아주머니의 모습에서 말 못 할 애처로움이 느껴졌다.

아주머니의 또 다른 꿈은 바로 아침마당에 출연하는 것이었다. 아주머니가 가장 즐겨 보는 프로그램이 바로 아침마당인데 거기 출연하는 사람들 못지않게 당신도 사연이 많다는 것이 그 이유였다.

내가 정말 엄청나게 사연이 많은 사람이야.

서울의 부잣집 막내딸이었던 아주머니는 펜팔로 제주도 사람인 아저씨와 처음 만났다. 아저씨는 당시 군인이었는데 군대에 온 수많은 위문편지들 중에서 우연히 아주머니의 편지를 받아서 읽게 되었고 그것을 인연으로 두 분이 결혼까지 하게 된 것이다.

아주머니는 아들이 많은 집에서 금이야 옥이야 자란 외동딸이었다. 당연히 집에서는 반대가 극심했지만 사랑에 빠진 아주머니는 아랑곳하지 않고 틈만 나면 군대에 면회 가서 아저씨를 만났다. 그리고 아저씨가 제대한 뒤에는 서울과 제주를 오가는 장거리 연애 끝에 결혼에 골인했다. 대략 50년 전의 일이라고 생각한다면 정말 적극적이고 진취적인 사랑이었다.

아주머니 집에서는 곱게 키운 막내딸을 머나먼 제주도 남자에게 시집보내야 한다는 사실에 발칵 뒤집혔지만 아주머니가 결혼을 강하게 밀어붙였다고 한다. 이유는 간단했다. 아저씨가 잘생겼기 때문이었다.

우리 아저씨가 지금도 잘생겼지만
옛날에는 정말 배우처럼 잘생겼었어.
내 인물에 어디 가서
이런 남자를 만나겠냐고.

꼬덕
꼬덕

역시 잘생김은 시대를 초월하는 우주 보편의 진리구나. 나는 다시금 깨달음을 얻으며 아주머니의 과거사에 빠져들었다. 내가 아침마당 방청객처럼 열심히 호응하며 얘기를 경청하자 아주머니는 신이 나신 듯했다. 갑자기 잠깐만 있어 보라며 집으로 뛰어 들어가시더니 무언가를 잔뜩 들고 나와서 보여주셨다. 그 옛날 두 분이 주고받던 편지 뭉치와 젊은 시절의 사진이었다.

빛바랜 편지 뭉치는 한눈에 보기에도 그 양이 상당했다. 두 분의 연애사가 긴 세월 고스란히 소중하게 보관되어 있었다. 사진 속의 아저씨는 배우 뺨칠 정도로 잘생기셨다. 가족들의 반대를 무릅쓰고 결혼을 밀어붙인 아주머니의 심정이 십분 이해가 됐다.

우와~ 아버지가 지금도 잘 생기셨지만 옛날엔 엄청나셨네요!!

그치~?

하지만 서울에서 곱게 자라다가 갑자기 연고도 없이 시작한 제주도 섬 생활은 너무 힘들었다. 환경도 전혀 다르고 샛방살이도 서럽고. 그 중에서도 특히 아주머니를 가장 힘들게 만든 것은 바로 잘생기고 능력있는 아저씨를 끊임없이 유혹하는 주위의 젊은 여자들이었다. 너무 잘난 남편을 둔 죄로 아주머니는 평생 낯선 여자들의 질투와 도전을 받아야 했다.

아아...... 그렇구나!!!!!

나는 아주머니의 말씀을 들으며 아주 중요한 사실을 깨달았다.

그동안

잘생긴 얼굴 + 돈과 능력 + 성실함 = 최고의 남편감!!!

인 줄로만 알았다.

하지만 그런 남자는 나 말고도
모든 여자가 노린다는 사실!!!

그런 남자와 살려면 끊임없이 수많은 여성들의
도전을 받아야 한다는 사실!!!

도전

유혹

헉   헉

몰랐다...!
최고의 남편감은 동시에
최악의 남편감이 될 수도
있다는 사실을...!!!

아주머니의 얘기를 들으며 인생을 다시 배웠다.

나는 그 밖에도 아저씨가 은퇴하고 지금 이 건물을 지어 임대 사업을 시작한 이야기와 오랜 시간 두 분이 하나하나 심고 기르며 이 너른 정원을 가꿔온 이야기, 자식들이 어디서 무얼 하고 손주들이 얼마나 예쁘고 기특한지까지 모두 들었다. 눈앞에서 한 사람의 인생이 화악 펼쳐졌다가 사라졌다.

솔직히 아주머니와의 대화가 이렇게 즐거울 줄은 꿈에도 생각지 못했다. 나만의 한가로운 보리빵 타임은 이미 머릿속에서 사라진 지 오래다. 한참 수다를 떨고 일어나는데 아주머니에게 진한 정이 느껴졌다. 아주머니의 소박한 꿈들이 모두 이루어지기를. 아주머니가 부디 내내 건강하시기를. 저절로 마음이 우러난 기도를 하늘에 올렸다.

 취나물 사태

정을 느낀 것은 나만이 아니었나 보다. 자리를 정리하고 들어가려는데 이럴 수가. 생각지도 못한 미션이 떨어졌다. 먹는 것엔 재능이 넘치지만 요리를 만들어 내는 것엔 영 소질이 없는 나를 아주머니가 과대평가하고 내게 과한 인심을 베푸신 거다.

컵라면과 비빔국수, 냉동식품과 간편식 등으로 적당히 끼니를 채우며 요리 스트레스 없이 잘 지내고 있던 내게 뜬금없이 험난한 고난의 길이 시작되었다. 내가 제주도까지 와서 요리 걱정을 하게 될 줄이야. 역시 인생은 의외의 연속이다.

으아아!!! 이런 일이 생길 줄이야!!!!!

나의 고난은 아주머니의 따뜻한 호의에서 시작되었다.

"취나물 좀 가져가."

응? 나는 순간 움찔했다. 뭔 나물? 뭔 나물이라고? 제발 웬만하면 아무것도 주지 마세요…. 이왕 주실 거라면 다 만들어져 있는 것만 주세요…. 나는 본능적으로 아주머니의 호의에 거부감을 느꼈다. 나물이란 모름지기 씻고 다듬고 데치고 무쳐야 하는 법. 그 번거로운 과정을 굳이 여기까지 와서 거치고 싶지 않았다.

"취이… 나물이요…?"

"응. 저기 산에 취나물 밭이 있어. 거기서 캐 왔어."

"취이… 밭이요…?"

솔직히 나는 취나물이 뭔지 몰랐다. 나물이란 된장이나 간장에 엄마가 무쳐 주신 것들을 통틀어 칭하는 말일 뿐, 세세한 것은 하나도 몰랐다. 자신 있게 아는 것은 콩나물과 시금치, 고사리 정도였다. 솔직히 나물을 좋아하는데 뭘 어떻게 만들어 먹어야 하는지 몰라서 결혼하고 나서도 내내 콩나물과 시금치만 먹었던 나였다. 큰맘 먹고 고사리에 도전한 적이 있었는데 아무리 삶고 볶아도 질겨서 몇 번 시도하다 결국 포기했었다. 다시 한 번 얘기하지만 나는 요리가 싫다. 도무지 몸에 맞지를 않는다.

요리 싫음
요리 힘듦
요리 어려움
요리 복잡함
요리 스트레스

요리 고자인 나는 자기 주제를 알고 솔직하게 거부 의사를 밝혔으나 소용없었다.

"어머니, 괜찮아요. 저 취나물 어떻게 해 먹는 건지 몰라요."

"아이고오! 시금치랑 똑같아. 살짝 데쳐서 무쳐 먹어. 아님, 된장국에 넣어서 끓여 먹어."

"…"

차마 대꾸할 말이 없었다.

아주머니가 아침에 팅팅 부은 얼굴로 아저씨와 함께 산에 가서 취나물을 잔뜩 캐 오셨다며 자랑스레 보여 주시는데 내 하반신만 한 크기의 분홍색 포대로 세 자루나 됐다. 아주머니의 옷에 이어 포대까지 분홍색이라는 것에 대한 놀라움도 잠시. 자루 안을 보고는 더욱 놀랐다. 자루 안에는 생생한 초록빛 취나물들이 산더미처럼 쌓여 있었다. 내 기준으로 3년은 족히 먹고도 남을 양이었다. 동네 사람들이 모두 모여 삼시 세끼 취나물 파티를 하고도 남을 양이었다. 이 정도면 솔직히 도매로 내다 팔아야 하는 게 아닐까 싶었다.

"세상에! 이걸 다 캐 오신 거예요? 안 힘드셨어요?"

"뭘 힘들어. 다음엔 고사리 캐러 갈 거야. 우리 시댁 묘지 근처에 고사리가 많아. 새댁도 같이 가."

으흑! 고사리라니. 산에 올라가 고사리를 캐다니. 묘지 옆에서 고사리를 캐다니. 나는 그렇게 격렬하게 움직이고 싶지 않다. 나는 산에 올라가고 싶지 않다. 나는 아침 일찍 일어나고 싶지 않다. 나는 아무것도 하고 싶지 않다….

고사리 안 돼 고사리 싫어 고사리 거부

내가 혼자 속으로 고사리 염불을 외고 있는 동안 아주머니는 무자비한 손길로 검정 비닐봉지에 취나물을 눌러 담았다.

"으악? 잠깐만요!"

급히 정신을 차리고 만류해 보았으나 소용없었다.

"어머니! 아이고! 너무 많아요! 으아아! 그만 주셔도 돼요! 으아! 으앗! 아이고, 잠깐만요! 아이고, 어떡해!"

내 외침은 뼛속까지 진심이었지만 아주머니 귀엔 겸손한 새댁이 예의상 하는 거절의 소리로 들렸나 보다. 아주머니는 방긋 웃으며 보란 듯이 취나물을 더욱 꽉꽉 퍼 담았다. 어느새 검정 봉지 하나가 취나물로 가득 찼다. 어떻게든 요리를 거부해 보려는 나의 불같은 의지는 아주머니의 넘치는 정에 속수무책으로 무너지고 말았다. 가냘픈 나의 저항은 힘이 없었고 취나물을 담는 아주머니의 인심은 죄송할 정도로 넉넉했다.

그렇게 취나물이 내 방으로 입주했다. 생각지도 못한 취나물과의 낯선 동거가 시작되었다. 어쩌지. 어떡해야 하지. 감사한데 난감한 이 기분….

일단 싱크대 앞에 던져 놓았는데 자꾸 신경이 쓰여서 힐끔힐끔 쳐다보게 된다. TV를 보다가도 쳐다보게 되고 핸드폰을 보다가도 쳐다보게 된다. 뭔 나물이 이토록 존재감이 큰 건지. 이상하게 자꾸 눈길이 간다. 왜 그런지 자꾸 생각이 난다. 마치 반려동물이나 반려식물이 생긴 것 같다. 이름이라도 붙여 줘야 할 것 같다.

내게 반려나물이 생겼어...

저녁이 되었다. 나는 여전히 취나물을 건들지도 않았다. 저녁은 간단하게 햇반에 물을 말아서 매콤한 편의점 오돌뼈와 함께 먹을 생각이었다. 그러던 중 아주머니가 올라오셨다. 아주머니의 손에는 커다란 요플레 통 두 개가 들려 있었다.

"해 먹을 줄 모른다고 해서 무쳐 왔어. 이거 먹어 봐. 방금 무친 거야. 이건 내가 직접 담근 된장인데 입에 맞을지 모르겠네. 호박 된장이야. 이걸로 국 끓여 먹어. 그리고 아까 그 취나물 말야, 양이 너무 많으면 데쳐서 한 뭉치씩 얼려 놔. 나중에 먹을 만큼씩만 꺼내서 국 끓이면 돼."

다정한 말씀과 함께 전해 주신 요플레 통 하나에는 된장이, 다른 하나에는 취나물 무침이 들어 있었다. 그릇에 담아서 들고 오면 내가 딸기나 홍차를 담아 돌려드리니까 부담 주지 않으려고 요플레 통에 담아 오신 듯했다.

세상에. 가슴이 찡했다. 먼 타지에서 느끼는 타인의 속 깊은 친절함. 마음이 울컥하면서 뜨거운 감동이 올라왔다.

"감사합니다…."

나는 오돌뼈를 집어 넣고 취나물로 비빔밥을 해 먹었다. 친정 엄마가 생각나는 정다운 맛이었다.

다음 날이 되었다. 여전히 취나물은 싱크대 앞에서 검은 비닐 봉지로 몸을 감싼 채 웅크리고 있었다. 이제 더 이상 피할 수 없었다. 조금만 더 지나면 취나물이 녹아내리며 짓무르기 시작할 것이다. 아주머니의 정성과 마음을 그런 식으로 보내 버릴 수는 없었다. 이왕 이렇게 된 거 어쩔 수 없지. 포기가 빠른 나는 더 이상 거부하지 않고 한 발자국 다가서기로 했다.

취나물 신상이나 털어 보자.

취나물에 대해 검색해 보니 전적이 화려했다. 무려 봄을 대표하는 나물 중의 하나였다. 또 밭에서 재배하는 것이 아니라 산에서 자라는 산나물이라고 했다.

밭과 산의 차이점이 뭐지?
양식과 자연산의 차이인가?

잘은 모르겠지만 산나물이라고 하니 괜히 뭔가 더 특별하고 더 좋아 보이는 느낌이었다. 그럼 이걸 어떻게 먹는 것이 좋을까. 나는 머리를 굴리며 취나물을 꺼내 씻기 시작했다. 봉지에선 취나물이 끝도 없이 나왔다. 심지어 찬물에 씻어 내니 얘네들이 생생해지면서 덩치도 더 커졌다. 엄청난 양에 당황스러웠지만 어쩔 수 없었다. 스스로 해결책을 찾아야 했다.

이걸 어떻게 해 먹어야 질리지 않고 맛있게 먹을 수 있을까?

무쳐 먹고 국 끓여 먹는 것 외에 다른 방법은 없을까?

마침 새벽에 비가 내려서 날이 꾸덕꾸덕했다. 어두운 구름이 낮게 깔린 하늘은 당장이라도 눈물을 쏟아 낼 것처럼 울상을 하고 있었다. 이런 날엔 부침개에 막걸리가 최곤데… 부침개 먹고 싶다… 그러다 머리가 번쩍 뜨였다.

음…? 그럼 취나물로 부침개를 만들어 볼까?

이름하야 취나물전?

오오오오오!!!! 천재???!!!!!

스스로 생각하고
스스로 감탄함

파 넣으면 파전, 부추 넣으면 부추전, 취나물 넣으면 취나물전이지 뭐. 뭔지는 모르겠지만 맛있겠다! 기분이 좋아졌다. 그럼 일단 부침가루랑 간장, 식용유, 막걸리가 있어야겠네! 오~ 예! 나는 벌떡 일어나 옷을 챙겨 입고는 자전거를 타고 순식간에 왕복 2Km를 달려 마트를 다녀왔다. 날씨가 우중충하고 자전거가 요란스러웠지만 상관없었다. 웬일인지 전혀 귀찮지가 않았다. 취나물전이라는 생면부지의 음식 앞에서 나는 잠시 내가 요리를 싫어한다는 사실을 잊었다.

여행용 간장, 식용유, 부침가루 작은 것, 막걸리, 쇼핑 완료!!!

이윽고 완성된 취나물전은 바삭바삭하고 향긋하고 이래도 되나 싶을 정도로 맛있었다. 대충 만들었는데도 대성공이었다. 무엇보다 큰 노력을 들이지 않고 이렇게 훌륭하고 맛있게 한 끼를 해결할 수 있다는 점이 좋았다. 아침부터 마트를 다녀온 보람이 있었다. 나는 연거푸 두 장을 구워 먹고 막걸리 반병을 마신 뒤 포만감에 드러누웠다. 유난히 우중충한 날씨가 마음에 쏙 들었다.

취나물과의 전쟁은 이제부터 시작이다.
아직 취나물은 엄청나게 많이 남아 있다.

제주에서의 남은 나날들을 모두
취나물과 함께하게 될 것 같은 예감이
바람에 스치었다.

맛있었어...

천국 가는 방법

■ 부침가루를 찬물에 개어 걸죽하게 만든 뒤, 적당한 크기로 자른 취나물을 넣고 섞는다. 계란이 있으면 넣고 없으면 생략한다.

■ 달궈진 프라이팬에 식용유를 '듬뿍' 뿌리고 취나물 반죽을 올려 납작하게 만들어 준다. 부족하다 싶으면 식용유를 더 부어 주어도 좋다. 식용유가 많을수록 바삭바삭하고 노릇노릇해진다. 기름을 많이 부으면 살이 찔까 봐 걱정되겠지만 어차피 부침개를 먹겠다고 결심한 순간 이미 살은 찐 거나 마찬가지다. 부침개를 먹으며 다이어트 생각을 하는 것만큼 어리석은 일도 없다. 그러니 이왕 먹는 거 제대로 기름지게 먹자.

■ 앞뒤로 뒤집어 가며 노릇노릇하게 구워 낸다.

■ 취향에 맞게 조리된 간장에 찍어 막걸리와 함께 먹는다.

■ 막걸리를 미리 냉동실에 넣어 살짝 얼린 상태로 먹으면 훨씬 더 맛있다.

■ 비가 오거나 기분이 우울하거나 하늘이 우중충한 날, 브런치로 먹으면 더더욱 맛있다.

■ 배가 부르면 아무것도 하지 않고 드러누워 핸드폰을 켜고 시간을 죽인다.

■ 여기가 천국.

04

비둥
거리는
와중에

인간관계와 내정간섭

내가 제주에 머문 한 달 동안 내 주위 사람들에게는 많은 일들이 있었다. 거의 매주 일이 있었다고 해도 과언이 아니었다.

친한 친구의 결혼식, 오랜 친구의 돌잔치, 그리고 아는 동생의 모친상까지. 모두 중요한 사건이었고 제주에 내려오지 않았다면 반드시 참석해서 축하해 주거나 위로해 줬어야 하는 일들이었다. 솔직히 많이 미안했다. 특히 결혼식과 모친상은 더더욱 그랬다. 하지만 그러기에 나는 정말 바닥이었고 아무것도 할 수 없었으며 무엇보다도 나 자신을 먼저 챙겨야 하는 상황이었다.

하필 이번 달에 이렇게 많은 일들이 생겨서...

만약 내가 집에 있었다면 나는 매주 예쁜 옷을 차려입고 사람들을 만나며 괜찮은 척 웃거나 나 자신도 제대로 추스르지 못하는 상태로 상갓집에 가서

상주를 위로해야 했을 것이다. 그 상태로 많은 사람들을 만나고 아무렇지도 않은 척 서로의 안부를 물으며 겉도는 얘기들을 하다가 어느새 허망해졌을 것이다. 인간관계라는 것이 원래 이랬었나? 난 언제부턴가 잘 지내고 있는 척하는 것이 피곤해졌다. 뭔가 자연스럽지가 않았다.

나이를 먹으면서 점점
인간관계가 겉도는 기분이야...

왜 갈수록 사람들을 대하는 것이 어려워질까. 왜 갈수록 사람들과 섞이는 것이 피곤해질까. 왜 갈수록 사람들에게 거리감이 생길까. 내 마음이 닫히고 있는 것을 스스로 느낀다.

나는 특히 누군가에게 이러쿵저러쿵 간섭받는 것이 싫었다. 그건 내 개인적인 특성과 연관되어 있기도 했다. 나는 자아가 강한 사람이었고 인생의 많은 갈림길에서 종종 남들과 다른 길을 선택하곤 했다. 그러다 보니 타인의 참견이나 간섭, 걱정이 늘 그림자처럼 따라다녔다. 문제는 그것이 주로 충고를 가장한 비난과 힐난의 형태로 나타났다는 것이다.

가장 심할 때는 아이 없는 삶을 선언했을 때였다. 내 인생이고 우리 부부의 선택인데 주위에서 정말 난리가 났었다. '아이를 갖지 않을 거면 뭣 하러 결혼했냐'는 얘기도 들었다. '불효자다', '이기적이다', '자기밖에 모른다', '후회할 거다'라는 말들도 참 많이 들었다. 심지어 '나 같은 사람들 때문에 나라가 망하는 거'라며 '애국심이 없다'는 말까지 들었다.

사람들은 타인에 대해 너무 쉽게 얘기한다. 우리 부부가 둘이 함께 행복하게 살기 위한 방법으로 고민 끝에 아이 없는 삶을 선택한 건데 왜 주위에서 난리인 건지 도대체 알 수가 없었다. 자신의 인생도 버거워 보이는데 왜 남의 인생에 감 놔라 배 놔라 훈수를 두는 건지 도무지 알 수가 없었다. 내가 보기엔 다들 그냥 그저 그렇게 살고 있는 것 같은데 대체 어떤 자격으로 나에게 이래라저래라 하는 건지 도저히 알 수가 없었다.

사람들은
자신과 다른 길을 가는 사람을
그냥 보지 못한다.

마찬가지로 제주에 혼자 내려와 있는 것에 대해서도 말들이 많았다. 아무에게도 알리지 않고 조용히 내려왔지만 결혼식과 돌잔치에 참석하지 않은 것 때문에 내가 제주에 내려와 있다는 것을 주위에서 모두 알게 된 상태였다.

제주에 왜 혼자 있는데?
한 달이나 제주에서 뭐 해?
남편은 어떡하고?
무슨 일 있어? 심각한 거야?
아니면 그냥 3박 4일쯤 같이 다녀오지
왜 혼자 거기서 그러고 있어?

궁금

걱정

신랑은 어떡하라고
그렇게 오랫동안 떨어져 있어?
신랑이 그걸 허락해 줬어?
너도 참 너무했다.
혼자만 너무 이기적인 것 아냐?
네 신랑도 참 불쌍하다.
어쩌다 널 만나서...

얼마 전엔 신랑이
친구들이랑 일본 다녀오더니
지금은 너 혼자 제주도 간 거야?
왜 그래? 니네 왜 같이 안 다녀?
무슨 부부가 그래?
그럴거면 뭣 하러 결혼했어?
그냥 따로 살아! 뭣 하러 같이 살아?

성질

사람들은 모두 자신의 기준으로 나를 생각하고 우리 부부를 가늠한다. 그리고 모두가 으레 그럴 거라 믿는 어떠한 기준에서 벗어나면 당연한 듯 이상하게 쳐다보고 문제가 있다고 확신한다. 나아가 내 인생의 정답을 몸소 알려 주겠다는 듯 확신에 찬 말투로 자신의 옳음을 설파한다.

네 인생의 정답은
오직 나만이 알고 있으니까
내 말 들어.

하지만 나는 뭐라 설명할 방법이 없었다. 내가 지독한 번아웃 증후군에 시달리고 있었으며 그걸 이겨 내기 위해서 나를 돌아보는 시간이 필요했다는 것을 어떻게 설명해야 할지 몰랐다. 오롯이 혼자가 되어 차분히 나 자신에게 집중하는 시간을 가지고 싶었다는 것을 어떻게 설명해야 할지 몰랐다. 내 사정도 모르면서 일단 판단하고 먼저 결론을 내버리는 상황에서 뭘 어떡해야 하는 건지 알 수가 없었다. 한 명 한 명 붙잡고 일일이 설명할 수도 없는 노릇이었다. 솔직히 사람들이 나 혼자 제주에 내려와 있는 것을 이상하게 생각한다는 것도 그들의 얘기를 듣고서야 알았다.

내가 또 사람들의 기준에 어긋났구나...

혼자 제주에 내려가는 것은 부부 문제와는 전혀 별개의 일이었다. 무기력과 권태는 나 스스로 자초한, 나 혼자만의 문제였고 이건 오로지 나 자신만이 해결할 수 있는 일이었다. 게다가 내가 나 자신에게 집중하고 있는 동안 신랑은 친구들과 일본을 다녀오고 부산도 다녀오며 즐겁게 잘 살았다. 내 문제와 상관없이 신랑은 나름대로 자신의 인생에 충실했고 나는 그러한 신랑의 행보를 지지했다. 신랑의 인생은 신랑의 것이기 때문이다.

내 인생은 내 것, 신랑의 인생은 신랑 것, 합쳐서 우리 것.

인생을 풍요롭게 만들려면 다양한 장치가 필요한데 그 과정에서 부부가 모두 꼭 같은 경험을 해야 할 필요는 없다. 모든 추억을 공유해야 할 필요도 없다. 각자 자신의 취향에 따라 필요한 부분에 집중하면 된다. 함께할 땐 함께하지만 각자일 땐 각자의 삶을 즐길 수 있어야 한다.

마찬가지로 부부가 함께 가는 여행도 필요하지만 친구들과 함께 가는 여행, 혼자 가는 여행도 필요하다. 같은 여행이라도 형태가 다양해야 인생이 더 새롭고 즐겁고 풍요로울 것 아닌가. 결혼했다고 무조건 모든 일에 부부가 함께해야 한다면 그것이야말로 정말 숨 막히는 일 아닐까?

결혼했어도 내 인생은 내가 만들어 가는 것!

나무도 서로 일정한 공간과 적당한 거리가 있어야 바람이 들고 볕이 들어 더 건강하게 자랄 수 있듯이 사람 사이도 마찬가지다. 관계에는 공간이 있어야 한다. 지나치게 밀착되어 혼자 설 수 없는 관계는 이미 병든 것이나 마찬가지다. 결혼했어도 나는 여전히 나고, 상대는 여전히 상대다. 우리는 부부지만 동시에 각자의 생각과 고민을 가지고 나만의 시간과 공간이 필요한 개인이다.

부부는 일심동체가 아니야.
세상에 일심동체가 어디 있어?
내 배 아파 낳은 자식도
나와 다른 것이 세상의 이치인데.
부부는 그냥 두 사람이
서로의 다름을 조율하며
함께 사는 거야.
이왕이면 즐겁게.

주어진 조건 안에서 나 하고픈 걸 다 하고 사는 것. 내 인생을 내 맘대로 사는 것. 이게 이기적인 거라면 나는 마음껏 이기적인 사람이 되겠다. 난 누구 때문에 혹은 무엇 때문에 내가 누릴 수 있는 자유를 포기하고 원하는 행복을 거머쥐지 않는 그런 어리석음은 피하겠다. 남들의 시선과 평가, 비난이 두려워 세상의 기준에 맞추어 사는 그런 일은 하지 않겠다.

나는 나를 돌보는 시간을 가지고자 혼자 제주에 왔다. 이것은 세상 그 누구도 대신 해줄 수 없는 일이다. 그리고 내가 나를 보듬어 내 마음에 힘이 생기고 내 자신이 편안해진 만큼 내 남편도 더 편안해지고, 내 가족 모두가 두루 편안해질 거라 믿는다.

내가 편안하면 모두가 편안해진다.
내가 활기차면 모두가 활기차진다.
내가 바뀌면 모두가 바뀐다.
모든 것은 나로부터다.

그래서 나는 지금 여기에 있다.

내가 편안하면 남편에게 편안하게 대함 -> 남편이 편안해짐 ->
남편이 편안하면 주위 사람들에게 편안하게 대함 -> 사람들이 편안해짐 ->
사람들이 편안하면 서로서로 편안하게 대함 -> 사회가 편안해짐 ->
사회가 편안해지면 나라가 편안해짐 ->
나라가 편안해지면 세계가 편안해짐 ->

세계 평화

완벽한 하루였다.
그들을 만나기 전까진.

05

버라이어티
하게
빈둥거리기

완벽한 하루

날씨가 너무 좋아서, 하늘이 아주 맑아서, 햇볕이 하도 밝아서 큰맘 먹고 길을 나섰다. 탄수화물 외에 나를 움직이게 만드는 것이 또 있다니. 놀라울 따름이었다.

자전거를 타고 숙소를 나서는데 기분이 상쾌했다. 포근한 바람이 코끝을 건들고 두 뺨을 스치고 지나가 귓불을 타고 머리카락을 훑었다. 바람이 두 팔을 벌리고 나를 온전히 감싸 안았다. 바람 속에 내가 있었다. 온화하다는 것이 이런 거구나. 바람에게 사랑받는 기분이 들었다.

오늘은 커다란 커피 잔이 하늘을 향해 서 있는 '봄날 카페'에도 가보고 그 유명한 '몽상드애월구 GD 카페'도 가보고 해안 산책로도 걷고 와야지. 제주에

내려와 처음으로 검색 요정의 힘을 빌려 갈 곳을 정했다.

세 곳이 모두 한 군데에 몰려 있어서 가볼 만하다고 판단
한 번 외출 → 세 곳 구경 = 일타삼피

자, 그럼 화장을 해볼까나. 오랜만에 화장품 파우치를 열었다. 예쁜 카페에서 예쁜 모습으로 앉아 있고 싶었다. 오늘은 평소와 다른 분위기를 내고 싶었다. 이런 감정 오랜만이라 괜스레 기분이 들떴다. 내 얼굴에 공을 들이다니. 이 얼마만에 해보는 코스메틱 노동인가. 외적 뷰티가 내면의 귀찮음을 이겼다.

찹찹찹찹. 기초화장을 시작했다. 피부 결이 좋아 보이려면 시간을 들여 하나하나 천천히 꼼꼼히 두드리며 발라 주어야 한다. 빠른 속도로 가볍게 많이 두드려 줄수록 흡수가 잘되고 피부가 탱글탱글해 보인다. 차례대로 화장품을 바르고 쿠션으로 마무리하니 그동안 내 얼굴을 지배했던 개기름은 사라지고 오랜만에 광대에서 은은한 빛이 났다.

이제부턴 기술이 들어갈 차례다. 우선 눈썹을 자연스러우면서도 최신 유행 스타일에서 벗어나지 않게 그려야 한다. 눈썹은 사람의 인상을 좌우하기 때문에 대충 그릴 수 없다.

눈썹이 짝짝이
난이도 ★★☆

　나는 주변을 단장하고 호흡을 가다듬은 뒤 아이브로 펜슬을 잡았다. 짧은 호흡 하나에도 눈썹이 어긋날 수 있기에 조심스러운 마음이었다. 긴장감이 경동맥을 타고 흘렀다. 내가 그림을 그린다고 사람들이 화장도 잘할 거라 생각하는데 천만의 말씀이다. 종이에 그림을 그리는 것과 얼굴에 눈썹을 그리는 것은 차원이 다른 일이다. 내게는 얼굴에 눈썹과 아이라인을 그리는 것이 훨씬 더 어려웠다.

꿍...

하지만 오늘따라 눈썹도 아이라인도 최고의 컨디션이었다. 손의 움직임이 물 흐르듯 자연스럽기 그지없었다. 이게 웬일이지? 오른손에 정샘물이 빙의된 듯했다. 여기에 속눈썹을 세워 주고 마스카라까지 발라 주니 눈이 2배는 더 커 보였다. 전용 리무버로 지우는 것이 귀찮아서 웬만하면 사용하지 않는 문명의 이기지만 오늘은 기꺼이 양쪽 속눈썹을 모두 내주었다. 마지막으로 입술에 자몽색의 틴트까지 발라주니 얼굴에 상큼함이 넘쳤다.

거울 속의 이 사람은 누구인가. 이전까지의 나는 사라지고 새로운 자아가 탄생했다. 오랜만에 만난 제2의 자아가 썩 반가웠다. 됐다. 만족스러워. 화장하고 옷을 차려입으면 기분 전환이 된다. 늘 보던 내가 새롭게 느껴진다.

날씨도 좋고 외모도 만족스럽고
모든 것이 완벽했다.

오늘 뭔가 예감이 좋은데?!!!

까르르

포카리스웨트 광고의 주인공이 된 것처럼 발랄하고 청량한 기분으로 자전거를 밟았다. 정확한 방향도 길도 모르지만 내게는 스마트폰이 있었다. 자전거를 타고 내비게이션 앱으로 길을 안내받으며 다닐 수 있다니. 참 좋은 세상이다. 다만 나는 분명히 알려 준 대로 잘 가고 있는 것 같은데 왜 자꾸 '경로를 이탈하였습니다'라는 메시지가 나오는 건지 그 이유는 알 수가 없었다. 세상이 아무리 스마트해져도 길치가 여전히 길을 잃는다는 사실에는 변함이 없었다.

아하하하하하하하하하하하하
또 경로를 이탈했대~~~~
이게 뭐야~ 여긴 어디야~~~

(도대체 왜 어디서 어떻게
경로를 이탈한 건지 알 수가 없음)

본인도
어이없음

평일임에도 '봄날 카페'와 '몽상드애월'에는 사람이 넘쳐났다. 오랜만에 이렇게 많은 사람들을 보니 도무지 적응이 되질 않았다. 제주도에 놀러 온 사람들이 모두 이곳에 모여 있는 것이 아닐까 싶을 정도였다. 외국인도 많았고 전문 장비를 들고 와 화보를 찍는 사람도 있었다. 할아버지부터 손자까지 합쳐서 12명쯤 되는 일가족이 '몽상드애월'을 배경으로 사진 좀 찍어 달라고 해서 찍사 노릇도 했다. 사람 구경하기 제격이었다.

　　숙소 개들, 뒤뜰 새들, 마당의 거미, 주인아주머니와만 소통하며 지내다가 갑자기 많은 사람들을 보니 정신이 하나도 없었다. 커피를 마셔야겠다는 생각은 들지도 않았다. 다시금 내가 조용한 곳을 좋아한다는 사실을 깨달았다. 나는 낯가림도 없고 적응력이 좋아 어디서나 잘 지내지만 폐쇄적인 성격을 가진 사람이었다. 외향적이고 수다스럽고 명랑하지만 혼자 있는 것을 좋아하는 사람이었다. 힙합과 모던 록Modern Rock을 좋아하지만 시끄러운 것은 질색인 사람이었다. 이런 성격 조합이 말이 되기나 하는가!

뭐지 이 조합은…?
나 자신이지만 이상해……ㅋ

'몽상드애월'은 돌과 거울로 이루어진 근사하고 세련된 건물이었다. 하늘을 품은 거울이 햇빛에 반사되면 멀리서도 번쩍번쩍 눈이 부셨다. 하지만 사람들이 엄청나게 많이 다녀서인지 주위에 풀이 제대로 자라지 못해 황량했다. 너무 황량해서 뭔가 세기말적 분위기가 느껴지기도 했다.

바로 옆에 붙어 있는 '봄날 카페'는 '몽상드애월'과는 완전히 다른 분위기로 알록달록 아기자기하고 예뻐서 마치 동화 속 세상처럼 보였다. 하지만 역시 사람이 너무 많아서 번호표를 뽑고 입장해야 할 정도로 바글바글 정신이 없었다.

나는 겉만 훑어보고 이내 포기한 채 빠르게 해안 산책로를 향해 발길을 돌렸다. 이곳이 아무리 유명한 곳이고 그 안에서 아무리 맛있는 산해진미가 기다리고 있다 하더라도 굳이 복잡함 속에 나를 던지고 싶지 않았다.

복잡한 것 딱 질색

'봄날 카페' 인근에서 시작된 한담해안산책로는 한적하고 조용하고 아름 다웠다. 사람들은 모두 카페에 몰려 있어 나만 홀로 세상을 벗어난 기분이었 다. 간간이 만나는 사람들도 삼삼오오 모두 조용히 제 갈 길을 재촉할 뿐이 었다. 그래, 이거지. 이제야 마음이 편안해졌다.

갖가지 모양의 까만 현무암들이 총총히 줄지어 서 있는 구불구불한 길을 따라 느릿느릿 발걸음을 옮겼다. 돌 틈 사이에선 갯강구들이 그 많은 다리를 이용해 바쁘게 움직였고 자그마한 도마뱀이 나타났다가 스스슥 사라지기도 했다. 바다는 잔잔하게 들숨 날숨을 반복했고 바람은 여전히 맑고 온화했다. 수평선 끝에는 하늘과 바다를 가르는 하얀 배가 유유히 지나고 있었고 그 위에는 커다랗고 풍성한 구름들이 세월을 잊은 듯 떠 있었다.

나는 아주 천천히 한 걸음 한 걸음을 음미하며 걸었다. 내 안 저 깊은 곳으로부터 평화와 행복이 터져 나오며 따뜻한 기운이 온몸을 감싸 안았다. 마음이 포근해지고 가슴이 벅차올랐다. 그토록 모나고 뾰족하던 내가 넓어지고 평평해지는 기분이 들었다. 나는 지금 이 순간 그 자체를 감사하며 걷고 숨 쉬고 하늘과 바다를 보며 자연에게 인사했다. 지금 여기서 내가 할 수 있는 최고의 가치란 바로 지금 이 순간을 누리는 것이었다.

감사하다. 정말 감사하다.

내게 이런 기쁨을 선사해 준 자연과 시간 그리고 나 자신에게 진심을 다해 감사 인사를 전했다. 그때 내 머릿속의 주크박스가 또 일을 시작했다. 끝내주는 타이밍에 등장한 최고의 노래. '지금 이 순간'이었다.

김연우가 대뇌 청각 세포 부근에서 노래를 부르고 있었다. 자그마한 남자가 제 몸을 소리통 삼아 타인의 영혼을 흔들고 있었다. 장엄하고 웅장한 멜로디가 달팽이관을 가득 채웠다. 내 안에서 해안 산책로를 배경 삼아 아무도 모를 나만의 무대가 펼쳐졌다. 무엇보다도 가사가 지금의 내 마음을 대변해 주고 있는 것 같아서 소름이 끼쳤다. 뭔가 굳세게 버티어 이겨 낸 것 같은 감동이 들었다. 지긋지긋했던 번아웃 증후군이 드디어 끝나는 걸까? 난 이제 다 괜찮아진 걸까? 마침내 내 인생의 페이지 한 장이 넘어가는 것 같은 기분이 들어 괜스레 울컥해졌다.

완벽한 하루였다.

그들을 만나기 전까진.

 초토화된 하루

나만의 세계에서 감동에 취해 있는데 저 멀리 어딘가에서 갑자기 와글와글 엄청난 소리가 들리기 시작했다.

'으와악', '까아악', '꽤액꽤액'.

야생의 날 것 그대로 정제되지 않은 소리를 수백 명이 동시에 내뱉고 있었다. 언뜻 들어도 정상적인 사람이 내는 소리 같지는 않았다. 나는 불길한 예감에 정신이 번쩍 들었다.

뒤돌아보니 저 멀리 언덕 위에 버스 여러 대가 줄을 지어 주차하고 있었다. 서… 설마…! 뒷목에 서늘한 바람이 불었다. 식은땀이 관자놀이를 타고 흘렀다. 아니 저들이 왜 여기에…! 내 눈을 의심하지 않을 수 없었다. 정녕 저들이 지금 여기에 왔단 말인가? 진짜로? 하필 왜! 지금 왜! 나는 순간 울고 싶은 기분이 들었다. 거대한 운명의 흐름에 맞선 나약한 인간의 막연한 좌절감이 느껴졌다. 믿을 수 없는 광경에 저항하는 하찮은 존재의 아득한 무력감이 느껴졌다. 나는 한눈에 그들의 정체를 알아차렸다.

그들은 바로 단체로 수학여행 온 초등학생들이었다.

정차된 버스 안에서는 초등학생들이 끝도 없이 쏟아져 나왔다. 대충 보아도 수백은 될 법했다. 버스라는 결계에서 해방된 초딩들은 지금 이 순간만을 기다려 왔다는 듯 너도나도 허공을 향해 거친 사자후를 내뿜었다. 수백 명이 마치 한 명처럼 울부짖었다. 오랜 시간 잠들어 있던 무림의 강호가 마침내 깨어나 포효하는 것 같았다.

'으아아아!'

나는 보았다. 하늘이 갈라지고 땅이 진동하는 그 현장을. 이럴 수가. 나는 공포심에 몸을 떨었다. 감동도 평화도 초딩들 앞에서는 자취를 감췄다. 자연의 아름다움도 초딩들 앞에서는 빛을 잃었다. 그들은 존재만으로 이미 모든 것을 압도했다.

망했다. 사람들을 피해 카페도 안 갔는데 단체 수학여행 온 초딩 무리를 만나다니. **망했다.** 아무리 생각해도 난 **망했다.** 지금 이 순간 마법처럼 **망했다.**

한낱 미약한 존재인 곧 마흔의 내가 이제 막 해방된 초딩의 위세를 어떻게 이겨 낸단 말인가. 눈썹이 매끄럽게 잘 그려질 때 알아봤어야 했다. 마음에 기쁨이 가득할 때 알아차렸어야 했다. 이런 젠장. 나는 울 것 같은 심정으로 짧은 다리를 열심히 움직여 어떻게든 그들로부터 벗어나기 위해 애썼다. 앞만 보고 뛰다시피 걸었다. 바다고 하늘이고 이제 더 이상 눈에 들어오지 않았다.

곧 저 뒤에서 수백 명의 아이들이 무서운 기세로 달려오기 시작했다. 버스가 기어코 모두를 토해 냈나 보다. 아이들은 이곳이 어디든 풍경이 어떻든 주변에 뭐가 있든 전혀 개의치 않았다. 그저 무작정 앞으로 달릴 뿐이었다. 사방이 발자국 소리로 요란했다. 아프리카 물소 떼 대이동 장면을 눈앞에서 목격한 기분이었다. 인간 하나를 쫓는 좀비 떼 같았다. 가젤 한 마리를 쫓는 늑대 무리 같았다. 나는 벗어나기 위해 발버둥쳤지만 부질없는 짓이었다. 아이들은 어느새 내 뒤통수에 와 있었다. 정말 순식간이었다. 눈 깜짝할 사이였다.

허허허… 너무 허무해서 웃음이 나왔다. 이제 더 이상 어쩔 도리가 없었다. 운명에 몸을 맡길 수밖에.

❝ 그래! 이왕 이렇게 된 거 뭐 별수 있나! 열심히들 뛰어라! 마음껏 소리쳐라! 그래야 초딩이지! 역시 새 나라의 어린이야. 대단해. 나도 저럴 때가 있었겠지. 아마도 이십 몇 년 전에…. 그래! 제주도고 뭐고 신나게 놀아라! 교실과 학원에서 해방되어 얼마나 기쁘겠어! 내가 조카 둔 이모의 마음으로 너희를 흐뭇하게 지켜봐 주마! 뛰어라! 초딩들아! ❞

…는 무슨. 정신 사나워 미치겠다. 완전 망했다. 왜 하필, 왜 오늘, 왜 지금 여기에 왔냐는 말이다. 이 넓은 제주에서 왜! 도대체 왜!

아이들은 어쩜 저렇게 에너지가 넘칠까. 아이들은 어쩜 저렇게 끝없이 뛸 수 있을까. 아무리 빠른 걸음으로 격차를 벌리려 해도 쉬지 않고 달려오는 광란의 초딩들은 당해 낼 재간이 없었다.

나는 순식간에 선두그룹에 따라잡혔고 그 뒤로 차례차례 수백 명의 아이들이 나를 스쳐 지나갈 때까지 그렇게 계속 무방비로 서 있을 수밖에 없었다. 오도 가도 못 하고 초딩 무리 사이에 갇히는 신세가 되고 말았다. 중간중간 선생님들이 지나가며 "얘들아, 뛰지 마!"라고 소리치곤 했지만 공허하게 묻힐 뿐이었다. 천지를 뒤흔들며 달려오는 흥분한 초딩들의 거침없는 진격은 아무도 막아 낼 수가 없었다.

산책은 끝났다. 멘탈은 부서진 기왓장처럼 너덜너덜해졌고 기분은 이삿짐을 빼낸 방처럼 허무해졌다. 정신이 풍요에서 빈곤으로 바뀌는 것은 한순간이었다. 아이들에게 해안 산책길의 아름다운 경치와 맑은 하늘, 푸른 바다, 그리고 번아웃 증후군에 걸린 가녀린 영혼 따위는 상관없었다. 그저 길이 있으니 뛴 것이고 함께 있으니 흥분한 것이다. 그뿐이었다. 하필 내가 그때 그 속에 있었을 뿐. 그들의 광란의 질주 속에 갇혀 있었을 뿐.

나는 굽은 어깨를 하고 가던 길을 되돌아 다시 '봄날 카페'로 돌아왔다. 길을 끝까지 걷는 것은 이제 더 이상 의미가 없었다. 어차피 끝까지 갔더라도 산책로 입구에 묶어 놓은 자전거 때문에 다시 돌아와야 했다. 큰맘 먹고 나왔는데 기분은 너덜너덜, 발걸음은 터덜터덜, 사람들은 바글바글, 초딩들은 와글와글. 난 도대체 무얼 위해 이리도 곱게 화장을 한 것인가. 들어가 클렌징을 할 생각에 벌써부터 귀찮음이 몰려왔다. 나는 무거운 몸뚱이를 이끌고 자전거에 올라타 숙소를 향해 발을 굴렸다.

비빔국수나 먹고 가자. 생각했다.

 심심하다

심심하다. 심심하다. 심심하다. 심심하다. 심심하다. 심심하다. 심심하다. 심
심하다. 심심하다. 심심하다. 심심하다. 심심하다. 심심하다. 심심하다. 심심
하다. 심심하다. 심심하다. 심심하다. 심심하다. 심심하다. 심심하다. 심심하
다. 심심하다. 심심하다. 심심하다. 심심하다. 심심하다. 심심하다. 심심하다.
심심하다. 심심하다. 심심하다. 심심하다. 심심하다. 심심하다. 심심하다.

심심하다...

와. 세상에 이렇게 심심할 수가 있나. 이렇게 깊은 심심함은 살다 살다 처
음 느껴 봤다. 원래 심심하다는 감정은 가벼운 것 아니었나? 심심하다는 단
어는 그냥 통상적으로 쓰는 말 아니었나? 심심하다는 기분을 뼛속 깊이 느
껴 보다니. 너무 심심해서 괴로울 지경이 되다니. 뭔가 새로웠다.

심심함이 뼈에 사무치다니...!...!!!

세상이 원래 이렇게 지루했었나? 아무것도 안 한다는 것이 이렇게 지겨운 일이었나? 시간이 안 가도 너무 안 갔다. 그렇다고 딱히 어딜 돌아보고 싶은 것도 아니었다. 딱히 무슨 일을 하고 싶은 것도 아니었다. 별다른 의욕도 없었다. 하지만 심심했다. 심심해서 죽을 것 같았다.

심심해 죽겠다...

맛있는 음식도 매일 먹으면 질리듯 시간도 너무 많이 남으면 질린다는 사실을 알게 되었다. 또, 심심함이 깊어지면 시간이 멈춘 것 같은 착각에 빠진다는 사실도 알게 되었다. 분명 한 시간은 지난 것 같은데 이제 고작 15분 정도가 지났다는 사실을 자꾸 되새김질하곤 했다. 학창 시절 물리 시간에 이런 기분이었던 것 같은데.

하루가 온통 물리 시간인 것 같아...

들고 온 책 두 권은 이미 다 읽은 지 오래다. TV나 핸드폰을 들여다보고 있는 것에도 흥미를 잃었다. 웬만한 웹툰들은 이미 정주행이 모두 끝났다. 방구석에서 시간 죽이며 할 만한 일들은 모두 다 했다. 그리하여 마침내 난 정말 말 그대로 아무것도 하지 않게 되었다. 멈춰진 시간 속에서 그저 이런저런 생각에 파묻혀 있을 뿐이었다.

생각 속에 머물러 있는 것은 고통스러웠다. 가시덤불 속에서 가부좌를 틀고 앉아 있는 것과 비슷한 기분이었다. 한참을 몸부림치다 벌떡 일어나 태블릿을 열었다. 생각을 머리로 굴리기만 하다 보면 한도 끝도 없다. 뭐든 적어야 정리가 된다. 나는 요란하게 타자를 치며 머릿속에 드나드는 생각들을 쭈우욱 써 내려갔다. 글로 적으면 내가 무슨 생각을 하고 있는지가 한눈에 보였다. 생각을 적어 보는 것은 생각의 무게를 견디는 힘을 기르고 생각에 거리를 두고 바라보는 연습이 됐다.

나중에 읽어 보면 깜짝 놀라기도 한다.

내가 이런 생각을 했었다니!!!

또다시 드러누웠다. 심심함이 방 안에 가득 찼다. 무료한 시간들이 영원처럼 이어졌다. 처음 여기서 아무것도 하지 않았을 때에는 일분일초가 아까웠는데 지금은 1초가 1분처럼 흘렀다. 놀라웠다. 고작 2~3주 사이에 이렇게 변하다니.

❀ 제주에서 심경의 변화 ❀

자유, 여유 - - - - -> 불안, 초조 - - - - -> 심심함, 무료함

이제야 확실히 알겠다. 아무것도 하지 않는다는 것의 실체를.

아무것도 하지 않는다는 것은 그동안 달려오던 관성을 이겨 내야 하고, 내 안의 잔소리꾼을 잠재워야 하며, 생각과 감정의 늪에서 헤엄쳐 나와야 하고, 거대한 심심함의 무게를 견뎌 내야 하며, 1초가 1분 같은 시간의 왜곡 속에서 하루를 살아 내야 하는 엄청난 일이었다.

난 지금 엄청난 일을 하고 있는 중일지도 몰라!

어쩌면 ㅋ

이쯤 되니 언제 또다시 이런 시간을 살아 볼까 싶었다. 이왕 이렇게 된 거 차라리 더 제대로 즐겨 보자 싶었다. 나는 심심함과 무료함에 몸을 맡기고 더더욱 빈둥거렸다. 이참에 심심함을 실컷 누려 보기로 했다. 마음껏 심심하기로 했다. 온몸과 마음을 다해 심심하기로 했다. 세상에서 가장 적극적인 자세로 심심하기로 했다. 심심함에 심신을 맡기기로 했다.

할 만했다.

숙소 개들

숙소에는 개 세 마리가 있었다. 늘보, 순이, 둘리.

늘보는 커다란 족발 뼈도 금세 우적우적 모두 씹어 먹어 버릴 정도로 엄청나게 먹성이 좋고 덩치가 큰 백구였다. 주인아저씨가 밥그릇에 사료를 채워 주면 순식간에 먹어 치우고는 더 달라며 밥그릇을 코로 미는 식욕이 왕성한 녀석이었다. 팔뚝만 한 개껌도 늘보에겐 한 입 거리에 불과했다. 우체국 아저씨를 보거나 새로운 사람이 들어오면 컹컹 짖으며 경계심을 드러냈지만 나를 보면 늘 껑충껑충 뛰며 반겨 주었다.

순이는 강아지 때부터 주인아저씨가 데려와 키워서 주인집 식구들이 가

장 예뻐하는 검둥개였다. 하지만 경계심이 강하고 성미가 예민하고 사나워서 나는 한 번도 순이를 만져 보지 못했다. 밥도 주변을 살피며 깨작깨작 먹었고 항상 날이 서 있어서 아무리 간식을 주고 이름을 불러 주어도 늘 이빨을 드러내며 인상을 썼다. 스트레스가 극에 달한 직장 상사처럼 얼굴에 늘 짜증이 가득했다. 순이는 오직 주인집 식구들에게만 충성했다. 내 입장에서는 가장 얄미운 녀석이었다.

둘리는 늘 자기 집 지붕 위에 올라가 앉아 있는 얼룩덜룩한 바둑이었다. 주인아주머니 말씀으로는 몇 달 전 누가 키워 달라며 맡기고 가서 어쩔 수 없이 키우고 있는 중이라고 했다. 빨리 다른 사람 줘 버리고 싶다며 애물단지라고 혀를 끌끌 찼지만 내 눈에는 제일 애교 많고 가장 사람을 잘 따르는 순하고 예쁜 개였다. 정서적으로도 가장 안정되어 있어서 가능하다면 내가 데려가 키우고 싶을 정도였다.

둘 리

둘리는 늘보, 순이와 모두 사이가 좋았지만 늘보와 순이는 서로 사이가 좋지 않아서 가끔 한 번씩 크게 싸웠다. 개들 사이에도 말다툼이 있다는 것을 알았다. 녀석들은 제각각 멀리 묶여 있어 닿을 수 없음에도 불구하고 서로를 향해 이빨을 드러내며 사납게 짖어 댔다. 그러면 LA 부인은 개들에게 귤껍질과 건빵을 집어 던지며 조용하라고 소리쳤고 둘리는 지붕 위에 올라가서 조용해질 때까지 기다렸다. 세 마리가 모두 성격과 개성이 다르다는 사실이 신기했다.

이렇든 저렇든 나는 늘 보이는 공간에 개들이 있다는 사실이 좋았다. 내 방 창문이 열리기만 해도 엎드려 있던 개들이 벌떡 일어나서 나를 바라보며 꼬리를 흔드는 모습이 좋았다. 멀리서도 내 모습을 보면 껑충껑충 뛰며 반갑게 맞아 주고 어두운 밤 인기척에 놀라 컹컹 짖다가도 내 목소리를 들으면 조용해지는 것이 좋았다. 나는 간식과 관심을 주고 개들은 나를 알아보고 반겨 주고. 우리는 서로가 서로에게 해줄 수 있는 최선의 것을 나누고 공유하며 각자의 공간에서 함께 지냈다.

 개한테 물리다

그러던 어느 날이었다.

그날도 여느 때와 마찬가지로 간식거리를 들고 슬렁슬렁 개들에게 다가 갔다. 내가 개들에게 주로 주는 것은 삶은 닭가슴살이나 애견용 소시지, 애 견용 육포 같은 것들이었다. 이 녀석들 또 좋아서 난리나겠구먼. 개들이 좋 아할 모습을 생각하니 이미 뿌듯했다.

짜식들 또 좋아 죽겠구먼~

나는 둘리를 가장 예뻐했지만 간식을 줄 땐 모두에게 공평하게 나눠 주었 다. 늘보는 간식을 씹지도 않고 꿀떡 삼키고는 마치 아무것도 먹지 못했다는 듯 펄떡이며 아우성을 쳤고 둘리는 열심히 주둥이를 들이밀며 적극적으로 받아서 맛있게 먹었다. 순이는 경계심이 강해서 간식을 줄 때마다 늘 조심스 러웠지만 오늘따라 귀를 뒤로 붙이고 순한 얼굴로 나를 반겨 주는 모습에 마 음이 놓였다. 드디어 녀석이 마음을 열은 것 같아 뿌듯했다.

내 손을 물기 전까진.

'으아악!'

깜짝 놀랐다. 아픈 것보다 놀라움이 더 컸다. 개한테 물린 건 처음이었다. 순이도 엉겁결에 내 손을 물고는 자신이 깜짝 놀란 듯했다. 다시 인상을 잔뜩 쓰더니 이빨을 드러내고 등줄기를 세우기 시작했다. 몸을 낮추고 꼬리를 내리며 전투태세를 갖추기 시작했다.

어이가 없었지만 그렇다고 순이를 탓할 수도 없었다. 이건 내가 방심한 탓이고 전적으로 내 부주의다. 나는 남은 간식을 밥그릇에 대충 던져 주고 방으로 올라왔다. 손에는 이빨 자국이 선명했다. 상처가 깊은 것은 아니지만 살이 까지고 피가 났다. 약간의 욱신거림도 있었다. 개한테 물리다니. 이러다 큰일 생기는 거 아닐까 싶어 덜컥 겁이 났다.

흐르는 수돗물에 한참 손을 씻은 뒤 검색해 보니 개한테 물리면 파상풍과 광견병을 조심해야 한단다. 찾아보니 둘 다 예후가 무서운 병이었다. 이럴 수가… 이러다 말년에 광견병으로 고생하는 건 아니겠지… 내 인생이 광견병으로 좋 나는 건 아니겠지… 불안과 공포가 엄습해 왔다. 잠복기만 10년이라는데… 이러다 말년에 막 물 무서워하고, 막 으르렁거리고, 막 침 질질 흘리고 막….

찾아보니 동남아에서는 여전히 광견병으로 많은 사람들이 죽는다고 했다. 무서웠다. 파상풍도 두렵긴 마찬가지였다. 광견병 예방접종은 동물이 맞는 거지만 파상풍 예방접종은 내가 맞았어야 했다. 하지만 난 그런 걸 언제 맞았는지 기억도 없다. 어릴 적엔 맞았을까? 살면서 한 번쯤은 맞았을까?

이럴 수가… 전혀 모르겠다. 설마 이렇게 가는 걸까… 이렇게 허무하게… 우리 신랑은 어쩌지… 난 아직 하고 싶은 일이 너무 많은데… 난 아직 이렇게 젊은데… 난 지금 인생이 너무 좋고 만족스러운데….

개한테 물리고　　인생을 돌아보다.

당장 근처 병원을 알아보니 다행히 멀지 않은 곳에 보건소가 있었다. 바로 자전거를 타고 달려갔다.

　보건소는 한가하기 그지없었다. 여기가 정상적으로 운영되고 있는 게 맞나 싶을 정도였다. 텅 빈 건물 안에서는 젊은 의사 한 명과 간호사 한 명이 할아버지 한 분을 진찰하고 있었다. 할아버지는 간단한 절차와 함께 고혈압 약을 처방받았고 진료비는 500원이었다.

잠깐. 지금 뭐라고? 내 귀를 의심하지 않을 수가 없었다. 500원…? 오오 배애액워어어언? 요즘 세상에 이게 가능한 액수인가? 이게 바로 보건소의 위엄인가? 모르는 새에 우리나라 건강보험과 노인복지가 수준급으로 올라선 건가?

금세 내 차례가 되었다. 나는 들어가자마자 의사 선생님의 얼굴을 보고 깜짝 놀랐다. 진심으로 크게 놀랐다. 딱 봐도 너무 어린 남학생이 앉아 있었기 때문이다. 뭐지? 군복무 중인가? 의대생이 봉사 활동 나온 건가? 현장 실습 중인가? 어떻게 저렇게 어린 학생이 앉아 있는 거지? 나이에 비해 엄청나게 동안인 건가? 너무 뛰어나서 모든 과정을 일찍 마쳤나? 온갖 생각들이 순식간에 머릿속을 휘저었다. 이제 갓 스무 살이 넘은 듯한 남자애가 가운도 입지 않고 앉아 있는 모습에 나는 적잖이 불안해졌다.

아냐, 아냐. 겉모습만으로 편견을 갖지 말자. 분명히 무슨 이유가 있겠지. 아무리 어려 보여도 의사는 의사다. 여기에 앉아 있을 정도면 적어도 나보다는 나은 거야. 나는 애써 불안을 떨치며 마음을 추스렸다.

그새 어린 의사가 진료를 시작했다.

"어떻게 오셨어요?"

"개한테 물렸어요."

"……아…."

어린 의사가 머뭇거리다 탄식에 가까운 한마디를 뱉었다. 당황이다. 이건 당황이다. 나는 바로 알아차렸다. 어린 의사는 얼굴에서 당황스러움을 감추지 못한 채 어쩔 줄 몰라 하며 바로 고백했다.

"음… 저기… 제가 아직 개한테 물린 사람을 한 번도 본 적이 없어서….."

'으응? 뭐라고요?'

으응????????

으아아아아아아! 이게 무슨 말인가! 그 얘기를 왜 지금 내게 하고 있는가! 불안이 현실로 나타났다. 어린 의사도 나를 보고 당황했지만 나는 그보다 100배는 더 당황했다. 아니, 이 사람아! 당신한테는 아무것도 아니겠지만 난 인생이 걸렸다고! 인생이 광견병으로 끝날까 봐 겁이 난다고! 솔직한 게 좋기는 하지만 이런 상황에서까지 너무 솔직하면 난 어떡하라고!

당황

어린 의사는 흔들리는 동공을 감추지 못하며 진찰을 이어 나갔다.

"방금 물리신 거라고요…. 밖에서 키우는 개였나요? 아, 마당에서 키우는 큰 개요…. 검은 개… 네. 알겠습니다. 광견병 예방접종이 되어 있진 않겠네요. 이 동네 개들이 다 그렇긴 해요. 일단 상처 한번 볼게요."

살갗이 벗겨져 피가 송골송골 맺힌 내 손바닥을 보고 어린 의사는 잠시 고민하더니 말했다.

"음… 이 정도 상처면 별로 염려하지 않으셔도 될 것 같아요."

그리고 덧붙였다.

"교과서에 의하면요."

…??!?… 네……??! 잠시만요…!! 지… 지금 뭐라구요…??!
교……… 교과서라구요…??????!!?!?!??

교과서라니, 교과서라니! 이런 단어를 보건소에서, 그것도 의사에게서 듣게 될 줄은 몰랐다. 그래… 누구에게나 처음은 있는 법이지…. 경험이 없으면 교과서에 의지해야겠지…. 하지만 왜! 왜 지금 여기서! 왜 하필! 왜 굳이! 왜 내게 교과서의 존재를 알린단 말인가!

교과서라는 단어가 이토록 무섭게 느껴진 적은 처음이었다. 나는 경악을 금치 못했지만 티 내지 않았다. 이왕 이렇게 된 거 내가 주도적으로 나갈 수밖에 없었다. 이 어린 의사보다 적어도 열일곱 살은 더 많을 것으로 추정되는 곧 마흔의 성숙한 여성인 나는 침착하고 정중하게 신지식인의 면모를 내보이며 파상풍이라는 단어를 입 밖으로 꺼냈다.

"찾아보니까 파상풍이나 광견병에 걸릴 수도 있다고 해서요. 항생제를 처방받지 않아도 괜찮을까요? 아니면 파상풍 예방접종을 하거나 피검사를 해보거나. 제가 염증 수치가 좀 높은 편이라서요."

하지만 어린 의사는 내 상처를 뒤적거리며 계속 자신 없는 말투로 얘기했다.

"일단… 이 정도 상처면 파상풍 염려는 없을 것 같구요… 교과서에 의하면요. 그보다 먼저 개를 관찰하고 이상 징후가 보이면 개를 검사하고, 거기서 광견병이 나오면 추후 항체 주사를 맞아야 한다고 교과서에 나와 있어요."

아아아아아… 털썩… 경험이 없는 의사란 이렇게 무섭고 불안한 존재구나…. 의사는 환자에게 확신과 믿음을 줘야 하는 사람인 거구나…. 그래서 그 긴 시간 병원에서 잠도 못 자고 수련을 하며 경험을 쌓는 거구나…. 새삼 의사의 역할과 권위에 대해 깨달았다.

"정 염려되시면 큰 병원 가서 검사받아 보실래요? 근데 거기서도 아마 괜찮다고 할 거예요."

어린 의사는 내 손바닥을 이리 보고 저리 보며 끝까지 자신 없게 말했다.

아… 나는 정말 괜찮은 걸까….

망자

연실

어린 의사는 지금 내 상처보다 정말로 그 개가 광견병에 걸렸는지를 아는 것이 더 중요하다며 혹시라도 개가 물을 무서워하는지, 침을 흘리거나 이상한 행동을 보이는지 잘 관찰해 보고 열흘 안에 광견병이 의심되는 상황이 보이면 그때 조치를 취하라고 했다.

"네…."

그 정도는 나도 아는데… 인터넷에서 검색한 범위를 넘지 않는 대화가 오고 갔다. 의사가 내 손에 빨간약을 발라 주며 말했다.

"반창고 처방해 드릴까요?"

"…아니요…."

"후시딘 바르세요."

"네…."

결론은 빨간약에 후시딘이었다. 반창고를 처방해 준다는 말에는 웃어야 할지 울어야 할지 감을 잡지 못했다. 노인이 아니라 그런지 진료비는 900원이 나왔다. 보건소를 나오는데 허무함이 쓰나미처럼 몰려왔다. 나는 보건소에서 멘탈이 탈탈 털리는 무서운 경험을 했다.

이제 나는 어떡해야 하는가. 큰 병원에 가볼까. 근처 내과라도 가볼까. 잠시 고민하다가 눈앞에 보이는 돈가스 집으로 들어갔다. 진을 뺐더니 고기가 당겼다. 기름이 줄줄 흐르는 튀긴 고기가.

일단 먹고 생각하자...

순식간에 돈가스 한 덩어리를 먹어 치우고는 그냥 숙소로 돌아왔다. 배가 부르니 불안감이 한결 덜했다. 다행히 순이는 내가 떠나는 날까지 물을 무서워하지도, 침을 질질 흘리지도 않았다.

상처는 금방 아물었다.

으르릉...

한곳에서 계속 살다 보니

그 밤의 사정

하루 종일 날씨가 심상치 않더니 저녁이 되자 하늘이 왈칵 긴 설움을 뱉었다. '흐어어어어어엉. 흐어어어어어엉.' 바람이 서럽게 날 선 비를 뿌렸다. 육지에서 비바람이 몰아치면 성질 더러운 남자가 애먼 곳에 화풀이하는 것처럼 보이곤 했는데 제주의 비바람은 서글픈 아낙의 애끓는 절규 같았다.

밤새 비바람이 베란다 창문을 두드리며 목적 없는 말을 걸었다. 정원에서는 나무들이 머리를 풀어헤치고 살풀이를 하듯 무아지경으로 춤을 췄다. 스산하고 음산했다. 이 어두운 세상에 살아 있는 생명체는 오직 나밖에 없는 기분이었다. 바람은 숙소 계단까지 파고들어 와 현관문을 들썩였다. 덜컥덜컥.

덜컥덜컥. 서늘한 기분에 몸이 떨렸다. 이게 정말 바람이 맞을까? 누군가 손잡이를 붙잡고 흔들고 있는 건 아닐까? 바람이 이렇게 정교하게 문을 들썩일 수는 없어. 나는 공포에 질렸다.

검은 우비를 입은 남자가 흠뻑 젖은 상태로 무표정한 얼굴을 하고는 칼을 들고 현관 앞에 서 있는 상상을 했다. 가능성이 아예 없는 건 아니었다. 여자 혼자 맨날 방구석에 처박혀 있다는 것을 아는 속 검은 사람이 있을 수도 있다. 나쁜 일을 벌이기 딱 좋은 날씨였다. 오늘 같은 날엔 비명을 질러도 들을 수 있는 사람이 없으리라. 심장이 빠르게 뛰었다. 뒷목이 뻐근해지며 식은땀이 흘렀다. 타지에 여자 혼자라는 사실이 그렇게 무섭게 느껴질 수가 없었다.

사방에 커튼을 치고 현관문의 안전고리까지 걸어 놓았지만 불안하고 두려운 마음은 가시질 않았다. 천도되지 못한 영혼이 갑자기 구석에서 허연 얼굴을 드러내며 억울함을 호소해도 이상하지 않을 것 같았다. 느닷없이 사방의 모든 것들이 음울한 소리를 내며 움직여도 놀랍지 않을 것 같았다. 이 정도면 지옥문이 열렸다고 봐야 하는 것이 아닌가 하는 생각이 들 정도였다.

이승과 저승의 경계에서 무슨 일이 벌어진 게 분명해. 어딘가에서 이 세상의 것이 아닌 존재를 불러내고 있는 게 분명해. 세상을 지키고 있던 중요한 결계 하나가 부서진 게 분명해. 누군가 절대 용서받지 못할 엄청난 악행을 저지른 게 분명해. 끝 모르는 인간의 어리석은 욕망에 하늘이 노한 게 분명해. 상상력이 들끓었다. 범상치 않은 밤이었다.

　　신랑이 보고 싶었다. 고양이들이 보고 싶었다. 믿고 의지할 누군가가 필요했다. 나는 뒤숭숭한 마음에 밤새 TV를 켜놓았다. 밝은 얼굴과 높은 목소리로 쉴 새 없이 떠드는 연예인들의 대화는 공허했지만 나름대로 위로가 됐다. 왜 혼자 사는 사람들이 TV 없이 못 사는지 알 것 같았다. TV에서는 연예인들의 우스갯소리와 먹방, 대출광고가 이어졌고 나는 이불을 폭 덮고 침대에 누운 채 자다 깨다를 반복했다.

'띠리로롱… 띠로롱'

간신히 눈을 붙인 새벽에 문자 소리가 요란했다. 아, 깜짝이야! 누가 이 시간에 문자를 보낸 거야? 짜증스레 핸드폰을 보니 국민안전처였다. 비바람이 심하니 침수에 대비하고 외출을 자제하라는 긴급재난문자였다. 제주에서 지내는 한 달 동안 벌써 세 번째로 받은 문자였다. 내용은 늘 같았다. 제주에 4월 장마가 있다더니 맞는 말인가 보다.

[국민안전처]
오늘 02시 10분 제주도 북부
호우경보 발효, 산사태,
상습 침수 등 위험지역 대피,
외출 자제 등 안전에 주의하세요.
02:22 AM

그런데 긴급재난문자가 맨날 너무 늦게 오는 거 아닌가? 비는 저녁부터 내렸는데? 지금 새벽 2시가 넘었는데? 이 정도면 '긴급'이라는 단어는 빼야 하는 것 아닌가? 이제 와서 뭘 어떻게 침수에 대비하라는 거지? 차라리 '늦었지만 지금이라도 보내는 재난문자'로 명칭을 바꿔야 하는 게 아닐까? '부디 국민 여러분께서 무사 안녕하길 기원하며 보내는 문자' 이런 건 어떨까?

'늦은 새벽, 잠을 깨워 죄송하지만 지금이라도 주위를 둘러보고 침수에 대비하시길 바라며 보내는 문자' 뭐, 이런 거? 음… 훨씬 낫네. 역시 '긴급'이라는 단어가 문제였어… 나는 이런저런 생각을 하다가 다시 잠이 들었다.

날이 밝았다. 창밖에는 새소리가 요란했다. 아침마다 시끌벅적 반상회를 벌이는 새들이지만 오늘따라 할 말이 더욱 많은 듯했다. 큰 새, 작은 새 할 것 없이 서로의 안부를 물으며 목청을 높였다. 얘들은 간밤에 다 어디서 비를 피한 걸까? 둥지가 날아가진 않았을까? 새끼를 잃진 않았을까? 알 길이 없었다.

아침 해가 선명한 하늘은 언제 그랬냐는 듯이 맑게 개어 있었고, 긴 밤을 이겨 낸 개들은 마당 한쪽에서 초췌한 모습으로 밥을 기다리고 있었다. 잔

것도, 안 잔 것도 아닌 것 같은 나는 세상에서 가장 멍청해 보이는 얼굴로 배를 벅벅 긁으며 일어나 아침을 맞이했다. 또다시 아침이구나. 비바람은 언제 멈췄을까. 하루가 지나고 또다시 하루가 시작된다는 사실은 언제 보아도 신기하다. 끝나지 않을 것만 같던 시간도 어떻게든 버티다 보면 지나간다. 간밤의 무사함에 절로 감사한 마음이 들었다.

살았다...

나는 만족스럽게 아침을 맞이하며 환기를 시키려 앞뒤 베란다 문을 모두 열었다. 눅눅하고 차가운 공기가 순식간에 방 안에 가득 찼다. 풋풋한 흙냄새와 비릿한 비 냄새가 콧속에서 정주행과 역주행을 반복했다. 나는 신선하고 습한 공기를 한껏 들이마시며 주위를 둘러보았다. 베란다에는 지난밤의 혼란을 보여 주듯 어디선가 날아온 것들로 어수선했다.

뒤 베란다

밤에 진짜 난리가 났었구나. 이게 다 뭐야…

나뭇잎, 소나무 가지. 그리고…

송충이…?

…………?????

뭐지??
이 완벽한 조화는???

 뜻밖의 사육

나뭇잎 사이에서 꾸물거리고 있는 초록빛 얼룩덜룩 솜털이 가득한 저 생명체는 분명 송충이였다.

와, 송충이가 여기까지 날아왔네? 나뭇잎을 타고 날아온 걸까? 나는 쭈그려 앉아 송충이를 관찰했다. 송충이는 당황한 듯 허둥지둥 움직이며 헤매고 있었다. 털이 숭숭하고 짧고 통통한 몸매가 귀여웠다. 이곳 정원에는 송충이가 많았다. 처음 여기 왔을 땐 오랜만에 보는 송충이가 반갑고 신기해서 한참을 들여다보았다. 언제부턴가 도시에서는 보기 힘들어진 벌레. 나무를 괴롭혀서 모두가 해충이라 부르며 싫어하는 벌레. 언제였을까. 마지막으로 본 것이. 기억도 나지 않는다. 방역 당국이 해충 박멸을 위해 정말 애쓰고 있다는 생각이 들었다.

하지만 해충이란 인간이 인간의 기준으로 분류해 놓은 인간 위주의 이름일 뿐. 나와는 상관없었다. 나는 내게 날아온 송충이에게 묘한 정을 느꼈다. 흠. 이것도 인연인데 이왕 이렇게 된 거 한번 키워 볼까? 마침 베란다에는 나뭇잎도 많았고 푸른 솔잎이 가득 달린 소나무 가지도 떨어져 있었다. 먹을 것이 부족해 보이진 않았다. 안 그래도 무료하고 적적하던 차였는데 잘됐다 싶었다.

바퀴벌레와 꼽둥이를 제외하면
벌레를 그리 무서워하지 않음

새로운 소일거리가 생기자 단번에 기분이 좋아졌다. 매일을 별다른 일정 없이 빈둥거리며 지내다 보니 작은 사건도 크게 느껴졌다. 시간을 바쁘게 보내고 있었다면 송충이를 키워 보겠다는 엉뚱한 생각 같은 건 하지도 못했을 것이다. 어쩌면 송충이를 봐도 아무런 감정이 없었을지도 모른다. 아니, 송충이가 있어도 보지 못했을 수도 있다.

사는 게 바쁘면
보이는 게 적지.

나는 주섬주섬 송충이를 위한 보금자리를 만들기 시작했다. 일단 재활용 박스에서 깨끗하고 넓적한 플라스틱 통을 꺼내 나뭇잎을 깔고 소나무 가지를 넣었다. 녀석의 취향을 몰라 초록 잎이 생생한 한라봉 꼭지도 두어 개 담아 주었다. 순식간에 나뭇잎 뷔페가 차려졌다. 마지막으로 송충이를 소나무 가지 위에 올려놓으니, 와! 생각보다 그럴듯했다. 이대로 화보를 찍어도 될 만한 비주얼이었다. 베란다에 송충이의 러브 하우스를 마련해 주고 뿌듯한 마음으로 늦은 아침을 먹었다.

금방이라도 탈출할 줄 알았던 송충이는 의외로 러브 하우스를 즐기는 듯했다. 어느새 소나무 가지에서 내려와 나뭇잎 위에서 꿈틀거리며 새로운 공간을 온몸으로 익히고 있었다. 플라스틱 통 밖으로 나가지 않는 모습이 오히려 신기했다. 적응력이 뛰어난 걸까? 아니면 진짜 여기가 마음에 든 걸까? 나는 틈틈이 베란다로 나가 송충이를 관찰했다. 볼수록 정이 갔다.

이름은 뭘로 지어 줄까? 송송이, 송돌이, 송순이… 흔하고 별 볼일 없는 아이디어밖에 생각나지 않았다. 새로운 아이디어 뭐 없을까? 송충이니까 송 씨로 짓는 게 낫겠지? 송으로 시작하는 좋은 이름이 뭐가 있을까….

…송……음…으음……

송……소…옹…

송……음…? 으웅…??!?!!!

..송........

송중기...??!!!!!!!!

소오름

세상에 발 딛고 있는 모든 존재는 저마다 이름을 붙여 주고 그 이름을 불러 줄 때 비로소 누군가에게 특별한 존재가 된다. 송충이는 그렇게 나에게 와서 송중기가 되었다. 뭔가 이름도 비슷하게 라임이 맞는 느낌이 들어 더욱 맘에 들었다.

털이 숭숭한 초록빛 송충이
내게 날아와 되었지 송중기

YO—

푸핫. 랩 써도 되겠다.

하지만 얼마 되지도 않아 송중기는 시름시름 앓기 시작했다. 아침저녁으로 틈틈이 들여다보며 관찰했는데 언제부턴가 한자리에 계속 가만히 앉아 있기만 했다. 나뭇가지로 살짝 건드리면 꿈틀거리긴 했지만 그 외에는 너무 움직임이 없어 걱정됐다. 나뭇잎도 전혀 먹은 흔적이 없었다. 소나무 가지도 아주 깨끗했다. 송충이가 솔잎을 먹지 않다니. 어찌 된 일일까? 그건 그저 속 담일 뿐이었을까? 그런데 얘, 왜 이러는 걸까? 이유가 뭘까? 뭐가 부족한 걸까? 비바람을 견디느라 기력이 쇠한 걸까?

힘내! 송중기!!!

어느 날 아침이었다. 나는 불길한 예감에 눈을 뜨자마자 뒤 베란다로 달려가 문을 열었다. 간밤에 바람이 많이 불었는데 괜찮을까? 또 어디로 날아가진 않았을까? 걱정스러운 마음에 플라스틱 통을 바라보는데 소나무 가지가 누르고 있어서인지 나뭇잎들만 여기저기 흐트러져 있을 뿐 큰 변화는 없었다. 하지만 나뭇잎 사이에서 모습을 드러낸 송중기는 이미 예전의 송중기가 아니었다. 초록빛 바탕에 검은 얼룩, 풍성한 털은 그대로였지만 생기가 전혀 없었다. 송중기는 그렇게 하룻밤 사이에 수분이 모두 빠진 채 바짝 말라죽어 있었다.

쭈글쭈글하게 쪼그라든 모습이 초라해 보였다. 얼마 전까지 동글동글 통통했다는 사실이 믿기지 않았다. 이렇게 죽는구나. 이렇게 가는구나. 어제 저녁까지도 살아 있던 작은 벌레가 아침이 되니 바짝 말라죽어 있다. 죽는다는 것은 무엇일까? 죽으면 어디로 가는 걸까? 죽는 기분은 어떨까? 아마 평생을 살아도 모르겠지. 그걸 알게 되는 순간 난 이미 이 세상 사람이 아닐 테니까.

나는 송중기의 명복을 빌어 주었다. 단 며칠간의 인연이었지만 내게는 소중한 추억이었다. 남들에게는 해충인 송충이 한 마리에 불과할지 몰라도 내게는 바람을 타고 날아온 특별한 송중기였다. 나는 플라스틱 통을 들고 정원으로 내려가 풀숲이 우거진 구석에 송중기와 나뭇잎, 소나무 가지들을 모두 쏟아부었다. 그것들은 원래부터 그 자리에 있었던 것처럼 자연스레 정원과 하나가 되었다.

반가웠다, 송중기야... 부디 좋은 곳으로 가렴...!

그 와중에 개들이 나를 보고는 간식 타임인 줄 알고 신나게 꼬리 치며 점 프했다. 죽음의 바로 곁에서 생생한 삶의 에너지가 느껴졌다. 피식 웃음이 나왔다. 하긴 내가 요즘 좀 뜸하긴 했지. 순이한테 물린 뒤 부아가 치밀어 찾 아가지 않던 중이었다. 자식들, 오랜만에 간식 좀 줘야겠네. 뭘 줄까… 나는 총총 계단을 올라갔다.

 나이를 먹는다는 것

세수하고 거울을 보다가 깜짝 놀랐다. 거울 속에는 눈이 푹 꺼지고 얼굴이 칙 칙한 중년 여성이 서 있었다.

헉! 이게 뭐야? 나 왜 이래? 언제 이렇게 늙었지? 얼굴이 엉망이네! 갑자기 확 나이 들어 보이잖아! 흰머리는 또 왜 이렇게 많아? 여드름은 또 뭐고? 너무 신경을 안 쓰고 지내서 그런가? 난리가 났네, 난리가 났어!

뭐지 이 형상은...?

주름이 날개를 펼쳤어...

이건 마치......

학익진....???!!!!!!!!!

내 얼굴에 임진왜란이
일어난 것인가!!!?!?!

얼굴에서 임진왜란이 한창이었다. 입가에는 팔자주름이 학익진을 펼치고, 이마에는 여드름이 화포를 날렸다. 두피에는 흰머리가 활처럼 쏟아지고 눈가에는 기미가 왜군처럼 몰려왔다. 다크서클은 한양을 버린 선조처럼 턱을 향해 피난을 떠났고 그 와중에 볼때기에 하얗게 피어난 버짐이 내가 백의민족임을 알려 주었다. 얼굴에 선전포고 없이 노화가 찾아왔다.

이럴 수가. 난 어찌해야 하는가. 속상하지만 뾰족한 방법이 없었다. 조선에는 바다의 명장 이순신 장군이 있었지만 내 얼굴에는 바다 건너 온 왜군의 나막신 같은 주름밖에 없었다.

아무리 좋은 크림을 열심히 발라도 노화는 막을 수가 없다. 심지어 계단처럼 오기 때문에 충격도 크다. 서서히 스며드는 것이 아니라 한순간에 한

단계씩 팍팍 꺾어지는데 그 꺾어지는 순간이 언제인지는 아무도 모른다. 그저 어느 날 문득 내가 한 번 더 늙었음을 깨닫게 될 뿐이다. 그리고 오늘 난 제주에서 또 한 단계 꺾어졌다. 나는 지금 나이 들고 있는 중이다.

하아아……
돈도 없는데 답도 없네… ㅋㅋㅋㅋ
ㅋㅋㅋㅋㅋㅋㅋㅋㅋㅋㅋㅋㅋㅋㅋㅋ
ㅋㅋㅋㅋㅋㅋㅋㅋㅋㅋㅋㅋㅋㅋㅋㅋ

완벽해 ㅋ

주위에는 벌써부터 얼굴에 삶이 드러나는 친구들도 있다. 생기 넘치던 10대, 20대 때와는 사뭇 달라진 친구들이 많다. 예쁘고 공부도 잘하고 능력 있는 녀석이었는데 문제 많은 남편을 만나 인생이 아예 구렁텅이에 빠져 버린 친구, 밝고 명랑했던 녀석이었는데 일과 육아에 지쳐 이제는 만사 귀찮은 얼굴이 되어 버린 친구, 매사에 적극적이고 성실한 녀석이었는데 사는 게 녹록지 않다 보니 성격마저 꼬여 버린 친구도 있다. 마흔이 되면 자신의 얼굴에 책임져야 한다는 링컨의 말은 사실이었다.

어둡거나   지쳐 보이거나   화가 나 있거나

구렁텅이

찡!
찡!
찡!
찡!

그럼 나는 어떤 얼굴을 하고 있을까? 나는 잘 나이 들고 있을까? 이왕 나이 먹는 거 잘 먹으려면 어떻게 해야 할까? 좋은 어른으로 성장하려면 어떻게 해야 할까? 아니, 애초에 좋은 어른이란 무엇일까?

분명한 것은 나이가 많다고 저절로 좋은 어른이 되는 것은 아니라는 거다. 세상엔 좋은 어른보다 나이를 권위로 생각하는 꼰대가 훨씬 더 많다. 요즘은 유치원에도 꼰대가 있다고 하니 무서워 죽겠다. 여섯 살 아이가 다섯 살 아이를 나이로 잡는다는 얘기를 듣고는 경악을 금치 못했다. 아이는 어른의 거울이라는데 아이가 저 정도면 도대체 그 아이의 부모는 어떤 사람이라는 걸까? 생각만 해도 미간에 주름이 잡혔다. 혹시라도 그런 시원찮은 어른이 될까 두렵다. 이왕 나이를 먹어야 한다면 좋은 어른으로 성장하고 싶다. 잘 나이 들고 싶다.

아직 한창 성장기

그럼, 좋은 어른이란 무엇일까? 생각이 또 꼬리에 꼬리를 물기 시작했다. 이런, 또 시작이네. 나는 오늘도 속절없이 생각의 늪으로 빠져 버렸다.

일단 '좋은 어른'이라는 단어에서 평소 이상적으로 생각하던 인간상이 떠올랐다. 내가 생각하는 좋은 어른이란 본인의 부족함을 알고 쉬이 인정하는 사람, 함부로 타인을 지적하거나 자신의 방식을 강요하지 않는 사람, 남의 얘기를 편견 없이 잘 들어주는 사람, 세상을 있는 그대로 볼 줄 아는 사람, 함께 있을 때 물 흐르듯 자연스럽고 편안한 사람, 마음이 단단해서 웬만한 일에는 흔들리지 않는 사람, 부드럽고 너그럽고 유머러스한 사람, 사리 분별이 명확하고 지혜로운 사람이다.

완벽한 인간상이군...

그럼, 좋은 어른이 되려면 어떻게 해야 할까? 어떻게 하면 그런 인간으로 성장할 수 있을까? 세상에서 말하듯 나를 돌아보고 내면을 갈고닦으면 되는 걸까? 그런데 내면을 갈고닦는다는 건 또 뭘까? 도대체 뭘 어떻게 해야 하는 걸까?

내면의 성장이란 어떻게 이루어지는 걸까?
나는 어떻게 넓어지는 거지?

이리저리 머리를 굴려 보았지만 개운한 답을 얻지는 못했다. 팽이처럼 계속 제자리에서 뱅글뱅글 돌기만 할 뿐이었다. 아아, 모르겠다. 생각을 계속 이어 나가는 것이 피곤했다. 나는 가려운 곳을 긁지 못한 심정으로 심드렁하게 TV를 켰다. 그러고는 순서대로 채널을 돌리다가 홈쇼핑에서 문득 엄청난 것을 보게 되었다. 순간 정신이 번쩍 들었다. 머리를 한 대 맞은 기분이었다.

뭐지 저건......???

회... 회춘 마사지기...?????!!

　세상에! 무려 젊음을 되찾아 주는 마사지기였다. 평소에 홈쇼핑을 보지 않아서 몰랐다. 이런 신세계가 있는 줄은!

홈쇼핑에서는 조금만 사용해도 주름이 펴지고 얼굴이 탱탱해지는 신기한 마사지기를 홍보하고 있었다. 탄력 없는 얼굴에 한 달간 반쪽만 사용했더니 한쪽은 올라가고 나머지 한쪽은 여전히 처져 있다는 것을 비교해서 보여 주는데 놀랍기 그지없었다. 회춘을 넘어서 새로운 얼굴을 얻은 듯했다. 아니, 저 정도면 기적이라고 불러야 하는 것 아닌가? 저 정도면 노벨상 받아야 하는 것 아닌가? 이건 뭐, 피부과 다 망하겠는데?

갖고 싶다… 나도 저 기적을 체험하고 싶다….

욕망이 끓어올랐다. 좋은 어른이고 뭐고 나는 이미 홈쇼핑의 노예였다. 생각으로 폼 잡고 있을 때가 아니었다. 나는 곧 내가 진짜로 원하는 것이 무엇인지 깨달았다. 내게 지금 중요한 것은 좋은 어른이 되기 위한 마음가짐이 아니라 눈 밑의 주름과 처지는 볼살이었다. 내가 당장 걱정스러운 것은 내면의 발전이 아니라 임진왜란이 벌어지고 있는 얼굴이었다. 이걸 홈쇼핑을 보며 깨닫다니. 허허허. 실소가 터져 나왔다. 이상과 현실의 괴리가 벌어지는 순간이었다.

아, 속이 다 시원하다. 이제야 비로소 가려운 곳을 모두 긁은 듯 기분이 개운해졌다. 노화는 어쩔 수 없다. 나이 듦은 자연스러운 현상이다. 하지만 그만큼 잃어 가는 싱그러움에 서글픈 마음이 드는 것도 사실이다. 나는 일단 내면을 채우기보다 주름을 해결해 보기로 했다. 내 얼굴에도 이순신 장군을 소환해 보기로 했다. 무언가에 홀린 듯 마사지기를 검색하며 생각했다. 나는 언젠가 내가 바라는 완벽한 내가 될 수 있을까? 나는 과연 좋은 어른으로 성장할 수 있을까?

일단은 멀었다. 그건 확실했다.

나는 누가 봐도 상업성 광고임이 분명한 블로그들을 두루 섭렵한 뒤 마사지기를 주문했다. 마사지기는 3일 뒤 도착했다.

큰 효과는 없었다.

취나물 지옥

취나물 된장국... 취나물 무침... 취나물전...

할 수 있는 것은 다 했다...

먹을 만큼 먹었다.

최선을 다 했어.

근데 아직도 이만큼이!!!!!

살려 줘!!!
취나물 지옥에 빠졌어!!!

데쳐서 얼린 취나물들

기나긴 밤 내내 남편을 그리워하며
나는 알았다.
뼛속까지 시린 고독에 홀로 괴로워하며
나는 깨달았다.

07

보고 싶다

또 밤이다. 하루 종일 안개가 뿌옇게 껴서 아침이 온 줄도 몰랐는데 어느새 또 다시 밤이 되었다. 오늘이 며칠이지? 이제 며칠 남은 거지? 아아, 지겹다. 외롭다. 쓸쓸하다. 한 달이 이렇게 길었나? 남편 보고 싶다… 고양이들 보고 싶다… 집에 가고 싶다….

또 밤이 왔네… 남편 보고 싶다…

　　한 달살이의 끝이 다가올수록 외로움과 지겨움이 개떼처럼 몰려왔다. 남편이 너무 보고 싶어서 입맛이 없을 지경이었다. 내 집의 안락함과 남편이라는 존재의 안정감을 느끼고 싶었다. 고양이들과 다시 털 날리며 부대끼는 일상으로 돌아가고 싶었다. 그 익숙함과 편안함이 사무치게 그리웠다. 돌아가고 싶었다.

솔직히 말하자면 제주에 온 지 열흘쯤부터 남편이 보고 싶었다. 9년 만에 마음껏 혼자만의 시간을 누리게 되었다는 해방감은 고작 열흘이 한계였다. 이내 그리움이 몰려왔다. 고독에 몸부림치는 시간들이 이어졌다. 밤이 되면 유독 더 심했다. 외로움은 밤의 단골손님이었다.

고독하다…
난 왜 여기까지 와서
이토록 집을 그리워하고 있는 걸까…

남편과 함께 시시콜콜한 이야기들을 주고받으며 손을 잡고 걷고 싶었다. 사소한 불평불만을 털어놓고 싶었다. 같은 TV 프로그램을 보며 함께 격분하고 함께 웃고 싶었다. 하품할 때 입 안에 손가락 집어넣는 장난을 치고 싶었다. 퇴근하고 돌아오는 남편의 지친 그림자를 안아 주고 싶었다. 함께 밥 먹고 함께 잠들고 싶었다. 무엇보다도 같은 공간에 함께 있고 싶었다. 왈칵, 눈물이 나왔다.

크흐흑...

그리움을 안고 남편에게 전화를 걸어 소소한 얘기들을 주고받았다.

 저녁 잘 챙겨 먹었어?

 응. 회사 식당에서 나오는 것 먹었어.

와! 맛집에서 맛난 것 먹었네!

 그렇지! 넌 뭐 하고 있어? 밥은 챙겨 먹었어?

 응. 뭐, 귀찮아서 컵라면 먹었어.

 와! 혼자만 맛있는 것 먹고. 미식가구먼 아주! 제주에서 맛있는 건 혼자

다 먹네!

 푸하하핫! 넌 혼자 맛집 갔잖아.

 담에 같이 가자. 내가 데려갈게.

 그래. 밥은 역시 회사 밥이지.

 응. 이제 뭐 해?

 글쎄? 뭐, 딱히 하는 일도 없는데 시간만 자꾸 가네.

 몰랐구나? 원래 아무것도 안 할 때 시간이 제일 잘 가는 거야.

 오오~ 그랬구먼! 그걸 몰랐네!

 그래. 그럼 계속 아무것도 하지 말고 남은 시간 잘 보내고 와.

 응. 알았어. 고마워.

 보고 싶다…

 나도….

무슨 얘길 해도 죽이 척척 맞았다. 다른 부부는 어떨지 모르겠지만 우리 부부의 대화의 기본은 만담이다. '아!' 하고 던지면 '어!' 하고 받아칠 때 즐거움을 느낀다. 오늘도 그랬다. 그래, 이거지. 별것 아닌 대화에 마음이 포근해졌다.

뭉클…

만담가가
될걸 그랬어…

내 인생의 가장 큰 꿈은 남편과 평생 지금처럼 알콩달콩 사는 것. 함께 나이 들고, 함께 늙어 가고, 마지막엔 웃으며 인사하고 눈 감는 것이다. 우리가 할아버지, 할머니가 되어 다정하게 손을 잡고 길을 걷는 상상을 하곤 한다. 등이 굽고 주름이 가득한 얼굴로 서로를 바라보며 웃고 장난치는 그림을 그려 보곤 한다. 명랑하고 활기차고 사이좋은 노부부가 되는 것이 내 인생의 최종 목표다. 그것이 바로 행복한 인생이라고 생각한다. 세상 그 어떤 금은보화나 부와 명예도 이 꿈과는 바꿀 수 없다.

　　기나긴 밤 내내 남편을 그리워하며 나는 알았다. 뼛속까지 시린 고독에 홀로 괴로워하며 나는 깨달았다. 일상의 소중함을. 일상의 감사함을. 일상의 가치를. 익히 알고 있었지만 너무 흔하고 너무 익숙해서 차마 보이지 않았던 소중한 삶의 조각들을 다시금 발견했다.

　　일상의 위대한 발견이었다.

 쓰레기 정리

길다면 길고 짧다면 짧은 한 달이 지나갔다.

이제 이곳에 머무를 수 있는 시간도 이틀밖에 남지 않았다. 내일모레면 이곳과 영영 이별이다. 정다운 주인아주머니와도 마당의 개들과도 모두 안녕이다. 늘 그렇듯 마지막이 다가오니 아쉽고 애틋한 기분이 들었다. 한 달간 나만의 체취와 추억이 듬뿍 서린 공간에 영영 안녕을 고해야 한다니 서운하기 그지없었다. 내가 다시 제주에서 한 달을 보낼 일이 있을까? 내가 다시여기에 올 일이 있을까? 모르겠다. 나는 헛헛해진 마음으로 이곳과 작별을 준비했다.

먼저 쓰레기 정리를 시작했다. 화장실 앞에는 재활용 쓰레기가 수북이 쌓여 있었다. 혹시라도 베란다에 두면 바람에 날아가거나 비에 젖어 엉망이 될까 봐 방 한구석에 잘 모아 놓은 터였다. 음식물 쓰레기는 벌레가 꼬일까 봐 처음부터 냉동실에 얼려 놔서 냄새도 없고 깨끗했다. 그렇게 나온 쓰레기는 총 재활용 쓰레기 두 박스, 종량제 쓰레기 30L, 음식물 쓰레기 7L였다.

한 달 쓰레기

　적지 않은 양이었다. 한 달 동안 혼자 살았는데 뭔 쓰레기가 이렇게 많이 나온 건지. 뭔 맥주를 이렇게 많이 마신 건지. 뭔 컵라면을 이렇게 많이 먹은 건지. 플라스틱으로 된 간편 음식 통과 햇반 그릇도 잔뜩 있었다. 나 혼자 이만큼을 배출했다는 사실이 놀라웠다. 사람이 산다는 건 끊임없이 쓰레기를 만들어 낸다는 거구나. 한 달에 이 정도인데 평생이면 얼마나 많은 쓰레기를 버리는 걸까. 나는 지구에게 미안해졌다. 쌓여 있는 쓰레기를 보며 괜히 머쓱해졌다.

지구에서 가장 필요 없는 종족은 분명 인간일 거야.

쓰레기는 정해진 곳에 배출해야 했는데 여기서 가장 가까운 배출 장소는 1Km 가량 떨어진 곳에 있는 읍사무소였다. 하필 읍사무소라니. 벌써부터 한숨이 나왔다. 읍사무소는 아주 가파른 언덕 위에 있어서 자전거에 쓰레기를 싣고 가더라도 질질 끌고 올라가야 했다. 이걸 다 버리려면 최소 두 번은 왕복해야 할 텐데 걱정이 앞섰다.

뭐, 별수 있나. 나는 자전거에 쓰레기를 싣고 숙소를 출발해 읍사무소 근처에서 내렸다. 이제 저 언덕을 올라가야 한다. 읍사무소의 언덕은 스키장 중상급 코스 정도의 경사를 가지고 있었다. 눈이 쌓인다면 도전해 보고 싶을 정도였다.

가파른 언덕을 꾸역꾸역 기다시피 올라갔다. 쉽지가 않았다. 자전거고 쓰레기고 모두 내동댕이치고 싶은 것을 간신히 참았다. 이곳을 매일 출근하는 사람들은 도대체 어떤 사람들일까? 장딴지가 국가대표급은 되는 걸까? 이건 뭐 태릉선수촌도 아닌데 출근길이 체력훈련장이겠어…. 다들 건강은 하겠구먼….

어느새 인중에는 땀샘이 폭발하고 겨드랑이는 기어이 울음을 터뜨렸다. 심장은 펄떡거리고 호흡은 헐떡거렸다. 이 짓을 앞으로 한 번 더 해야 한다니. 으아아! 욕이 나오지만 답이 없었다. 내가 만들어 낸 쓰레기, 내가 치우고 있는데 어디 가서 누구한테 무슨 하소연을 한단 말인가. 인과응보의 이치가 조용히 등줄기를 적셨다. 한숨이 푹푹 나왔다.

간신히 쓰레기를 모두 처리하고 국수 가게로 달려가 비빔국수와 주먹밥 세트를 먹었다. 제주에서의 마지막 비빔국수라고 생각하니 면발 한 줄기가 아쉬웠다. 안녕 비빔국수. 한 달 동안 고마웠어. 나는 국수와 주먹밥을 남김없이 먹어 치우고 보리빵을 사 들고는 다시 숙소로 돌아와 짐을 꾸렸다. 처음 들고 왔던 박스에 다시 담을 뿐이라 어려움은 없었다. 당장 필요한 것 몇 가지를 제외하고는 모두 박스에 담았다. 자전거도 접어서 꼼꼼하게 포장했다. 이것들은 이제 택배를 통해 모두 다시 집으로 돌아가게 될 것이다.

찌이익

쓰레기를 모두 치우고 짐까지 몽땅 꾸리고 나니 방이 텅 빈 것 같았다. 방은 처음 올 때 모습 그대로가 됐는데 마음은 그때와 완전히 달라졌다. 그땐 시작이었고 지금은 끝이었다. 그땐 기쁘고 설렜는데 지금은 아쉽고 서운했다. 같은 공간에서 다른 입장을 맞이하고 있었다. 나는 깨끗하게 정리된 방에 덩그러니 앉아 한 달살이의 끝맺음을 준비했다.

덩그러니...

마지막 날

택배 기사님이 내 짐들을 모두 싣고 사라졌다. 이제 내게 남은 것은 백팩 하나와 나 자신밖에 없었다. 사방이 고요했다. 마지막이란 어쩜 이리 서글픈 것인가.

나는 한 달 동안 현실에서 벗어나 오롯이 나에게 집중했다. 자유롭게 나를 놓아주었다. 그건 정말 내가 최근에 했던 모든 뻘짓들 중에서도 가장 파격적인 일이었다. 이래도 되나 싶을 정도로 건전하고 심심한 날들의 연속이었다. 아무것도 하지 않고 가만히 드러누워 나를 돌아보는 시간을 갖는다는 것이 이렇게 미칠 듯 지겨운 일일 줄 몰랐다.

파격적인데 건전하고 괴로웠어...

아무것도 하지 않았는데 참 많은 일들이 있었다.

　돌아보면 하루하루를 아무런 계획도 준비도 없이 물 흐르듯 자연스럽게 살았다. 순간순간의 감정에 몸을 맡기고 거침없이 살았다. 타인과 거리를 두고 누가 뭐라든 나로서 살았다. 남들의 시선과 기준에 따르지 않고 내 마음을 따라갔다. 나 자신을 세상 최우선으로 두고 나를 다독이고 보듬으며 정말 나 하고픈 대로 살았다. 한 달 동안 진심을 다해 나와 마주했다.

물론 이런 시간을 가졌다고 해서 내가 갑자기 엄청나게 발전하거나 놀랍도록 괜찮은 사람이 되리라고 생각지는 않는다. 지금보다 훨씬 더 잘 살게 되는 것도 아닐 것이고, 갑자기 내가 변해서 완전히 다른 사람이 되는 것도, 당장 내 안에 산적해 있는 문제들이 말끔히 해결되는 것도 아닐 것이다. 여전히 사는 것은 녹록지 않을 것이고 현실은 내가 내팽개쳐 놓은 모습 그대로 시커멓게 나를 맞이할 것이다.

하지만 이렇게 나를 돌아보고 내 삶을 조망해 보는 시간을 가져 본 것만으로도 내 자신이 조금은 더 단단해지고 내 삶이 조금은 더 풍요로워졌을 거라 믿는다. 나아가 이런 시간들이 하나둘 쌓이다 보면 세상을 대하는 나만의 철학과 비전이 생길 것이고 그것들이 결국은 나를 성장시킬 거라 믿는다.

그러면 됐지 뭐.

별거 있나!

나는 마지막으로 마트에 달려가 멜론과 애견용 간식을 사 왔다. 개들은 오늘이 마지막인지도 모르고 여전히 나를 보고 힘차게 점프했다.

제발, 이 녀석들 모두 명 다하는 날까지 별 탈 없이 건강하기를.
고마웠다. 얘들아. 나는 개들에게 작별을 고했다.

떠나는 날 아침이 되었다. 주인아주머니께 드리려고 멜론을 들고 찾아갔
는데 하필 집에 안 계셨다. 정이 옴팡 들었는데 작별 인사도 없이 떠나야 한
다니 서운하기 그지없었다. 정말 좋은 분이셨다. 정말 감사한 분이셨다. 이
곳을 찾는 수많은 손님들 중 하나에 불과할 뿐인 내게 격 없는 정을 나눠 준
따뜻한 분이셨다. 나는 그동안 감사했다는 편지를 써서 멜론 꼭지에 붙이고
주인집 현관 앞에 멜론을 두고 숙소를 나섰다.

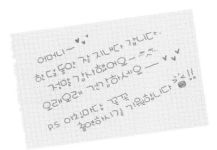

가자. 나는 발길을 돌렸다.

나에겐
돌아갈 곳이 있었다.

08

집으로

제주도를 떠난 비행기는 바다를 건너 다시 서울 하늘을 가득 메운 미세먼지 속으로 들어왔다. 짙은 회색빛의 두터운 공기층이 희뿌연 얼굴로 나를 반기고 있었다. 이놈의 미세먼지는 여전하구나. 제주도의 맑고 푸른 바다와 붉게 노을 진 하늘이 꿈속의 일처럼 느껴졌다.

비행기에서 내려 공항 라운지에 들어서는데 멀리서 익숙한 얼굴이 나를 보고 멋진 척 미소를 날리고 있었다. 당당하게 추리닝 입고 공항 나온 내 남편이었다. 역시 너에겐 공항이나 동네 슈퍼나 다를 바 없구나. 평소와 다름 없는 남편의 모습에 웃음이 터졌다.

와아아! 이게 얼마 만에 보는 거야! 나는 달려가 품에 안겼다. 가슴팍에 얼굴을 묻으며 내 남자의 체취를 맡았다. 남편은 여전했다. 짧고 굵은 손가락, 땀이 흥건한 손바닥, 곱슬곱슬한 머리칼에 나를 바라보는 다정한 눈빛까지. 떠날 때 모습 그대로였다. 그 변함없음이 기쁘고 반가웠다. 내가 앞서가든 뒤처지든 늘 같은 자리에서 변함없이 나를 믿고 기다려 주는 사람. 코끝이 시큰해졌다. 나는 종알종알 그간 못다 한 말들을 쉴 새 없이 쏟아 냈다.

한창 떠드는 중에 집에 도착했다. 와, 집이다! 집! 우리 집! 한 달 만에 봤을 뿐인데 이렇게 반갑게 느껴지다니! 이렇게 새롭게 느껴지다니! 현관 앞에 서는데 감동이 밀려왔다. 자기 집 현관을 보고 이렇게 감동받은 사람이 또 있을까? 떠났다가 다시 돌아왔을 뿐인데 감회가 새로웠다.

우리 집

두근두근

현관문을 열자마자 고양이들이 총총걸음으로 뛰어나왔다. 오랜만에 보는 고양이 마중이 귀엽고 반가워서 마음이 녹아내리는 것 같았다. 아이고, 이 녀석들아… 정말 보고 싶었어…. 나는 한 마리, 한 마리 번갈아 끌어안고 얼굴을 비볐다. 작고 보드라운 몸뚱이가 정다웠다. 고양이들도 내게 밀린 안부를 전하느라 끊임없이 야옹야옹 말을 걸었고 주둥이와 궁둥이를 번갈아 비비적거리며 온몸으로 나를 반겼다.

으아~ 진짜 이놈의 집구석! 반가워 죽겠네!!!

데구르르르르르르르

집은 내가 떠날 때 모습 그대로였다. 대충 쌓여 있는 책들도, 먼지 쌓인 TV도, 싱크대의 얼룩도 모두 그대로였다. 종이 한 장, 연필 하나까지 모두 그대로 있었다. 남편은 마치 사건 현장을 보존하듯 집을 내가 떠나온 상태 그대로 보존해 두었다. 도대체 어떻게 살고 있었던 걸까.

동시에 당장 맞닥뜨려야 할 차가운 현실이 실감 났다. 난 어느새 다시 빼도 박도 못 할 현실에 발을 딛고 서 있었다. 모든 것들을 한 달 전 멈춰진 그 자리에서 다시 시작해야 했다. 이제 더 이상 피할 곳이 없었다.

나는 딛고 일어서기로 했다. 계획을 세우고 하고 싶은 일들의 리스트를 적었다. 끝까지 해내진 못하더라도 최소한 시작이라도 하기로 마음먹었다. 시간이 얼마나 걸리든 나를 채근하지 않기로 했다.

결국 나

나는 우선 각오의 첫 번째 관문인 헬스장에 등록했다. 동네에서 제일 좋은 헬스장에 찾아가 등록까지 마치는 데에만 대략 일주일이 걸렸다. 오늘은 꼭 가야지, 내일은 꼭 가야지, 미적거리다가 시간이 다 갔다. 하지만 뭐 어찌 됐든 결국 등록해 냈다는 것에 의미를 두기로 했다.

왜 시작이 반인지 알겠어...
시작하기까지가 정말 힘이 드네... ╹ ╻

꿍...

  뒤이어 분위기 쇄신을 위해 집 안의 가구 배치를 바꾸기 시작했다. 예전부터 머릿속으로 생각만 하고 있던 것을 비로소 실행에 옮기기 시작했다. 거실 벽 한쪽에 붉은 벽돌을 붙이고, 조명을 바꾸고 커다란 액자도 걸었다. 방하나를 비우고 내 작업실로 꾸려서 벽부터 바닥까지 모두 재정비하고는 커다란 나무를 주문해 2m가 넘는 대형 테이블도 만들었다.

100Cm

222Cm

아카시아나무

물론 그 와중에도 툭하면 무기력이 찾아와 나를 지배하고 권태가 이불처럼 나를 덮쳤다. 윗집은 여전히 꿍꿍거렸고 동네는 여전히 공사 중이었다. 변한 것은 아무것도 없었다. 벽돌을 붙이고 테이블을 만드는 과정도 아주 느릿느릿 진행되었다. 심지어 벽돌을 붙인 것에 만족해 줄눈벽돌과 벽돌 사이를 메꾸는 시멘트은 넣지도 않았다.

됐어. 자연스러워.

역시!

헬스장은 가는 날보다 안 가는 날이 훨씬 더 많았다. 그리고 나중엔 점점 그마저도 나가지 않게 되었다. 역시 예상을 벗어나지 않는 패턴이 반복되었다. 나는 여전히 매사가 귀찮았고 여전히 요리가 싫었다. 무기력함에 멍하니 시간을 보내는 날도 많았다. 감정은 기우뚱거리다가 제자리로 돌아오기를 반복했고 번아웃 증후군은 여전히 내 곁에 있었다.

하지만 조급해하지 않기로 했다. 당장 일을 해서 돈을 버는 것도 중요하고 생활을 잘 영위해 나가는 것도 중요하지만 그보다 더 중요한 것은 바로 나 자신이었다. 생각해 보면 평생 방치하고 내버려 둔 '나'였다. 오랜 시간에 걸쳐 지금의 상황에 이른 만큼 해결되려면 많은 시간이 걸릴 수밖에 없다는 생각이 들었다.

나에게 시간을 주자.

나는 굳이 지금 상태에서 벗어나려 애쓰지 않았다. 무기력이 오면 무기력이 오는 대로, 우울함이 오면 우울함이 오는 대로, 짜증이 나면 짜증이 나는

대로 그냥 그날그날의 사정에 몸을 맡겼다. 감정이란 게 나오지 말라고 해서 안 나오는 것도 아니고 괜히 억지로 눌렀다간 나중에 더 크게 폭발해서 나를 해칠 수도 있기 때문에 차라리 그대로 두고 지켜보면서 견디는 힘을 기르기로 했다.

신기하게도 받아들이기로 마음먹으니 오히려 가벼워졌다. 그러다 힘이 들면 태블릿을 열고 워드에 감정을 쏟아 냈다. 키보드가 부서지도록 자판을 두드리며 여과 없이 감정을 배설했다. 이거 모아서 나중에 활활 불태워 버려야지 생각만 해도 속이 다 시원해졌다.

활활 태워 버려야지.
밖에서 고기 먹을 때 들고 가
불쏘시개로 써야지.
한 줌의 재로 만들어 버려야지.
아주 그냥 가루를 내버려야지.

아울러 내 증상이 영양분 부족 때문일 수도 있겠다는 생각이 들어 비타민과 영양제를 챙겨 먹기 시작했다. 혈액순환과 노화 방지를 위해 천연식초도 주문해 마시기 시작했다. 솜씨 좋은 반찬가게를 알아내 반찬도 사 먹기 시작했다. 그대로 둘 것은 두고 내가 할 수 있는 것은 했다.

할 수 없는 것은 그냥 두고 할 수 있는 것에만 집중하자.

예전과 변함없는 날들이 계속됐지만 무언가 달라졌다. 현실도, 환경도, 감정도 모두 그대로였지만 무언가 근본적인 것이 달라졌다. 모든 것이 그대로인데 그 모든 것을 대하는 내 마음이 달라졌다. 달라진 것은 바로 나였다.

나는 여전히 무기력했지만 무기력을 대하는 방법은 달라졌다.

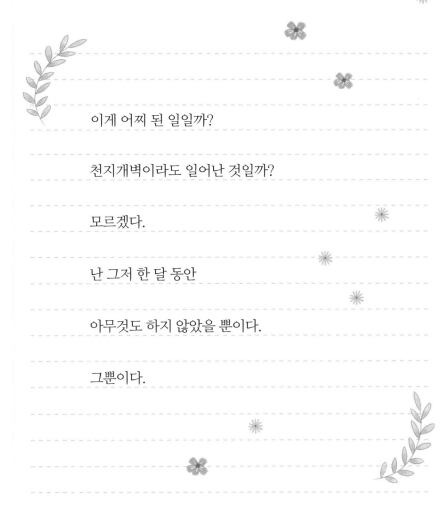

이게 어찌 된 일일까?

천지개벽이라도 일어난 것일까?

모르겠다.

난 그저 한 달 동안

아무것도 하지 않았을 뿐이다.

그뿐이다.

딱 한 달만 아무것도 하지 않고

초판 1쇄 발행 2018년 8월 20일
2쇄 발행 2018년 9월 15일

지은이 윤동교
발행인 이선애

디자인 고봉자
교 정 박지선 | **크로스 교정** 김동욱
발행처 도서출판 레드우드
출판신고 2014년 7월 15일 (제25100-2014-000048호)
주 소 서울시 강남구 밤고개로 26길 50 강남한신휴플러스 607동 202호
전 화 070-8804-1030 | **팩스** 02-379-8895
이메일 redwoods88@naver.com
블로그 blog.naver.com/redwoods88

값은 뒤표지에 있습니다.
ISBN 979-11-87705-10-9 03810

당신의 상상이 한 권의 책이 됩니다.
지혜를 나눌 분은 원고와 아이디어를 redwoods88@naver.com으로 보내 주세요.